OBOLUS
EIN WESTERWALDKRIMI

Dies ist ein Roman. Handlung und Personen sind frei erfunden.

Von Manfred Röder sind bisher erschienen:

Abrechnung – Abgefischt
Schneckentänzer
Offene Rechnung

Manfred Röder, Jahrgang 1951, war jahrelang bei einer Kommunalverwaltung beschäftigt. Zuletzt leitete er die Ordnungs- und Sozialabteilung. Zunächst schrieb er Liedtexte auf Wäller Platt. 2011 erschienen seine ersten Westerwaldkrimis um das Ermittlerduo Ulla Stein und Christoph Leyendecker.
Manfred Röder lebt mit Frau und Kater in Hachenburg im Westerwald.

MANFRED RÖDER

OBOLUS

EIN WESTERWALDKRIMI

Bibliografische Information der Deutschen Nationalbibliothek: Die Deutsche Nationalbibliothek ver-
zeichnet diese Publikation in der Deutschen Natio-
nalbibliografie; detaillierte bibliografische Dateien
sind im Internet über http://dnb.dnb.de abrufbar.

© 2016 Manfred Röder, Hachenburg

Herstellung und Verlag:
BoD - Books on Demand, Norderstedt

ISBN 978-3-7412-9551-5

Prolog

Es gab eine Zeit, da hieß die Agentur für Arbeit noch schlicht und einfach Arbeitsamt, und anstelle von Hartz IV erhielt man Arbeitslosenhilfe.

Blasius Schönfeld verließ die örtliche Zweigstelle des besagten Arbeitsamtes. Er hatte bereits jahrelange Erfahrungen mit dieser Behörde. Sie war aus seinem Leben kaum noch wegzudenken. Aber in letzter Zeit gab es da diesen übereifrigen jungen Mann, der allen Ernstes glaubte, er könne Schönfeld bekehren und ihn aus seinem gewohnten Trott herausreißen, und der ihn deshalb mit allen möglichen Angeboten für Praktika oder Trainingsmaßnahmen drangsalierte. Schönfeld atmete tief durch und grinste innerlich, als er auf der Straße stand. Das Schlimmste hatte er wieder einmal abbiegen können. Für die nächsten vier Wochen hatte er wohl seine Ruhe. „Einen alten Affen Fratzen schneiden lehren", sagte er leise vor sich hin. Schließlich war er diesem Schnösel an Erfahrung weit voraus. An ihm hatten sich schon ganz andere die Zähne ausgebissen.

Dass man ihn wieder einmal einbestellt hatte, war zwar lästig, aber Schönfeld verband das Unangenehme mit dem Nützlichen. Wenn er sich schon von Höchstenbach in aller Frühe per Anhalter nach Hachenburg begeben musste, bot es sich doch an, einige Straßen abzuklappern, und sich bei den Hausfrauen, die dort gerade bei der Zubereitung des Mittagessens waren, nach einer milden Gabe zu erkundigen. Die meisten kannten ihn, und da er sich stets freundlich und zuvorkommend verhielt, fiel doch so mancher Groschen oder sogar manche Mark für ihn ab. Diesmal nahm er sich den Bereich Steinweg, Stühlen und Teile des Ortsteils Altstadt in der Umgebung der romanischen Kirche vor. Er war wieder einmal recht erfolgreich und erreichte so um die Mittagszeit den Imbiss, der sich auf dem Gelände des Supermarktes an der Koblenzer Straße am Ortsausgang Hachenburgs befand. Es gehörte schon zu seiner Routine, nach getaner Arbeit diesen Imbiss aufzusuchen.

An einem kleinen Fenster besorgte er sich eine Frikadelle und eine Flasche Bier und setzte sich an einen der bereitstehenden Tische im Freien. Er nahm einen großen Schluck. Das kühle Bier tat bei dieser Hitze richtig gut. Aber es musste möglichst schnell getrunken werden, denn hier in der Sonne war es im Nu gehopft und wurde bitter. Deshalb nahm er noch einen zweiten Schluck. Er wollte sich gerade der Frikadelle widmen, als er irgendetwas in seinem Rücken spürte. Er fühlte sich irgendwie beobachtet. Er blickte sich um. In einer Entfernung von etwa eineinhalb Metern stand ein zehn oder elf Jahre altes Mädchen, das ihn aus großen blauen Augen ansah. Das Kind war irgendwie seltsam. Schönfeld schüttelte den Kopf, sagte aber nichts sondern kümmerte sich weiter um seine Frikadelle. Aber irgendwie wollte die ihm nicht so recht schmecken. In seinem Rücken fühlte er weiter die Blicke des Mädchens. Was wollte diese Göre von ihm? Er drehte sich erneut um und herrschte das Kind an: „Du gehst mir auf die Nerven, verschwinde hier!"

Das Mädchen machte keinerlei Anstalten, seiner Aufforderung zu folgen und schaute ihn weiter furchtlos an.

Schönfeld wollte sich wieder ungestört seiner Frikadelle zuwenden, aber es gelang ihm nicht. Er wurde immer unruhiger und schließlich wütend. Konnte man denn nicht einmal in Ruhe sein Mittagessen genießen? Das hatte er sich schließlich redlich im Schweiße seines Angesichts verdient. „Was ist los mit dir? Warum starrst du mich so an? Hat dir niemand beigebracht, dass es unhöflich ist, einen Erwachsenen beim Essen zu stören?"

Die Kleine nahm Schönfelds Ausbruch ungerührt zur Kenntnis. Seelenruhig griff sie in die Tasche ihrer Jeans und zog einen Schein hervor. „Hier sind zehn Mark. Damit gehst du jetzt in den Supermarkt und holst eine Flasche Apfelkorn und eine Schachtel Ernte! Das Wechselgeld ist für dich."

Er traute seinen Ohren nicht. War die Kleine komplett übergeschnappt. Wie kam das Kind nur auf eine solche Idee? „Du hast sie nicht mehr alle! Mach, dass du davonkommst, sonst wirst du mich kennenlernen!"

Ungerührt sah sie ihn weiter an. „Wenn du nicht tust, was ich dir sage, werde ich schreien und behaupten, du wolltest mir was tun. Die werden das bezeugen."

Schönfelds Blick fiel auf eine Gruppe Kinder, die ungefähr im gleichen Alter des Mädchens waren. Sie standen etwa fünf Meter entfernt. Schönfeld konnte nicht sagen weshalb, aber irgendwie kamen ihm die Knirpse bedrohlich vor. „Das wagst du nicht! Hau einfach ab, und wir werden deinen Auftritt hier vergessen!"

Sie stieß einen kurzen spitzen Schrei aus. Die wenigen Gäste, die an den Tischen saßen, unterbrachen ihr Essen und sahen aufmerksam zu ihnen herüber.

„Hör auf! Du machst mich ja unmöglich", flüsterte er. „Ist ja schon gut, du hast gewonnen", fügte er sich in sein Schicksal. „Gib schon her! Ich mache, was du willst."

„Du kannst erst fertig essen", erklärte sie.

„Mir ist der Appetit vergangen", antwortete er und trank seine Flasche leer.

Es dauerte nicht lange, und er kam mit dem Gewünschten in einer Plastiktüte zurück. „Und jetzt macht euch davon! Wenn ich das jemand erzähle, glaubt mir kein Mensch! In diesem Alter eine solche Unverfrorenheit zu besitzen!"

Sie waren praktisch unzertrennlich, eine verschworene Gemeinschaft. Die beiden Mädchen Birgit und Petra und die Jungs Michael, Thomas, Dirk, Jürgen, Oliver und Bernd. Das würde sich nach den großen Ferien wohl ändern, denn die Grundschule war zu Ende, und sie würden dann unterschiedliche weiterführende Schulen besuchen, zwei gingen nach Altenkirchen auf das Gymnasium, einige nach Marienstatt. Die anderen blieben in Hachenburg und besuchten die Real- oder die Hauptschule.

Daran verschwendeten sie jedoch noch keine Gedanken. Jetzt galt es, die Sommerferien in vollen Zügen zu genießen. Und das bedeutete auch, einigen Blödsinn anzustellen, von dem die Eltern nichts erfahren durften. Die Sache mit dem Apfelkorn und den Zigaretten war so ein Abenteuer, das sie gemeinsam ausgeheckt hatten. Dirk hatte den Alten für ihr Vorhaben ausgesucht, und Birgit, die wohl mutigste unter Ihnen, die Ausführung übernommen.

Sie waren stolz und aufgeregt, dass sie ihr Vorhaben in die Tat hatten umsetzen können. Etwas unsicher waren sie denn doch gewesen. Es ging ihnen eigentlich nicht um den Alkohol und die Zigaretten, die sie unauffällig in einer Schultasche verstaut hatten. Es war so eine Art Mutprobe gewesen, und sie hatten sie bestanden.

Sie suchten den Ort auf, an dem sie oft ihre Treffen durchführten. Sie hatten die alte Feldscheune irgendwann zu ihrem Hauptquartier auserkoren. In deren hinterem Bereich waren zwei Bretter locker, die sie beiseiteschoben, und über altes Heu, das bereits etwas muffig roch, kletterten sie in das Innere. Staubpartikel tanzten im Sonnenlicht, das durch die Lücken zwischen den Brettern fiel. Man konnte einen alten Leiterwagen erkennen. Er hatte noch Speichenräder. Außerdem befand sich in der Scheune ein Sammelsurium an alten Gerätschaften und Werkzeugen, die heute nicht mehr benutzt wurden, die aber ein Bauernmuseum gerne als Spende genommen hätte. Ein Pflug und eine Egge, die früher wohl Kühe oder Pferde gezogen hatten und anderes landwirtschaftliches Zubehör standen scheinbar wahllos herum. Vermutlich wurde die Scheune schon seit Jahren nicht mehr genutzt und diente lediglich als Unterstand für den alten Kram.

Kurz vor dem großen Tor war noch etwas Platz frei, wo sie sich im Kreis niedersetzten und die Zigarettenpackung und ein Einwegfeuerzeug hervorkramten. Die beiden Mädchen zögerten etwas, griffen schließlich aber doch zu. Nacheinander zündeten sie die Glimmstängel an und zogen daran. Keinem von ihnen schmeckte der Rauch. Sie inhalierten nicht, aber es kam doch ein gewisser Hustenreiz auf, den sie tapfer unterdrückten. Dann ging die Flasche Apfelkorn reihum, und jeder nahm einen Schluck. Obwohl der ihnen genauso wenig wie die Zigaretten schmeckte, nickten die meisten anerkennend. So saßen sie einige Zeit zusammen und philosophierten über die Probleme, die man in so jungen Jahren eben hat.

Jürgen schnupperte irritiert. „Irgendetwas stimmt hier nicht. Es riecht nach Rauch", stellte er fest.

„Kein Wunder", erwiderte Michael, „das liegt an den Zigaretten."

„Das ist kein Zigarettenrauch", widersprach Jürgen und schaute sich um. „Verdammt, es brennt!", rief er, sprang auf und deutete in die Richtung, aus der sie gekommen waren.

Da sahen die anderen es auch. Aus dem gelagerten Heu schlugen Flammen und beißender Qualm zog in ihre Richtung. Vermutlich hatte einer von Ihnen seine Zigarettenkippe wahllos weggeworfen und so den Brand verursacht. Der Weg, den sie gekommen waren, war ihnen versperrt.

Um Hilfe rufend rannten sie panisch umher. Michael versuchte, klaren Kopf zu behalten und die in das große Tor eingelassene Tür zu öffnen. Aber sie war verschlossen. Verzweifelt schlug er dagegen, doch es war vergeblich. Mittlerweile tränten allen die Augen. Ihre Angst wurde immer größer. Kaum einer war noch in der Lage, einen klaren Gedanken zu fassen. Sollte das jetzt schon das Ende sein?

„Wir werden alle verbrennen!", jammerte Petra. „Wer ist nur auf diese blöde Idee mit den Zigaretten gekommen?"

Aber sie erhielt keine Antwort. Planlos liefen sie durcheinander. Keiner hörte dem anderen mehr zu.

Thomas sah nach oben. Die beiden Flügel des großen Tores wurden durch ein Kantholz verschlossen, das in einer Halterung aus Stahl lag. Er versuchte, das Kantholz anzuheben, erreichte es aber gerade einmal mit den Fingerspitzen. Verzweifelt sah er sich nach etwas um, auf das er steigen konnte, aber er konnte auf die Schnelle keinen geeigneten Gegenstand erkennen, den er hätte herbeischaffen können. „Knie dich vor das Tor hin!", befahl er Dirk, der ihn jedoch nur entgeistert ansah.

„Glaubst du, beten würde jetzt Sinn machen?", fragte er stattdessen.

„Red keinen Blödsinn!", schrie Thomas. „Das ist unsere einzige Chance, das Tor zu öffnen. Ich steige auf deine Schultern. Mach schon! Viel Zeit haben wir nicht mehr!"

Nun verstand auch Dirk, was Thomas vorhatte und kniete sich auf denn Boden.

Thomas stieg auf seine Schultern. Die anderen sahen, dass die beiden eine Möglichkeit gefunden hatten, den Flammen zu entgehen. In ihrer Panik reagierten sie jedoch genau falsch. Mit aller Macht warfen sie sich gegen den einen Torflügel, wodurch sie Druck auf das Holz ausübten, das sich dadurch kaum bewegen ließ. Thomas' Anweisungen, das Tor in Ruhe zu lassen, fanden kein Gehör. Als der Druck ein wenig nachließ, gelang es ihm dann doch mit letzter Kraft, das Kantholz aus der Halterung zu hebeln, und das Tor flog auf. Thomas fiel nach vorne, und die ganze Meute stürzte über ihn und Dirk nach draußen. Ohne zurückzusehen, rannten sie in sichere Entfernung, wo sie hustend erschöpft ins Gras niedersanken.

Als sie zurücksahen, schlugen bereits Flammen aus dem Dach des Gebäudes.

„Wo ist Oliver?", frage Michael, aber er erntete nur betroffenes Schweigen.

Kapitel 1

Die Sonne würde bald aufgehen, und laut Wettervorhersage würde es kühl und wechselhaft werden, was im Vergleich zum Rest des bisherigen Sommers gar nicht so schlecht war. Offensichtlich war doch etwas an der Bauernregel, dass das Wetter sieben Wochen so bleibt, wie es am Tag des Siebenschläfers ist. An diesem Tag hatte es geregnet. Berger und Starck hatten noch einige Stunden ihrer Nachtschicht vor sich, aber beide mochten es, wenn sie praktisch in den Sonnenaufgang fuhren und ihre Schicht am hellen Tag endete. In den Wintermonaten war es da schwieriger, wenn während der gesamten Dienstzeit tiefe Dunkelheit herrschte.

Sie hatten mit ihrem Streifenwagen gerade das Casa Conviva passiert, als Berger den Feuerschein auf der gegenüberliegenden Bergkuppe bemerkte. Er konnte erst nicht glauben, was er da sah. „Siehst du das? Ist es denn möglich? Irgend so ein Idiot hat ein Riesenfeuer auf dem Hebeberg entzündet, ganz in der Nähe des Kreuzes."

Der Westerwald liegt ja nun nicht gerade in den Alpen und Gipfelkreuze sind hier nicht an der Tagesordnung. Aber vor einigen Jahren hatten sich einige Bürger des Ortsteils Altstadt zusammengetan und am Rothenbach eine Grotte und auf dem Hebeberg ein Kreuz errichtet. Neben diesem Kreuz steht auch eine Bank, von der man einen herrlichen Ausblick auf die gesamte Stadt Hachenburg mit ihrem Schloss hat. Leider wird diese Stelle auch von einigen uneinsichtigen Jugendlichen gerne benutzt, die dann häufig Fast-Food-Verpackungen, leere Dosen und Flaschen hinterlassen. Aber dass diese Jugendlichen um diese Uhrzeit dort ein Feuer entzüdeten, kam den beiden Streifenpolizisten doch recht unwahrscheinlich vor. Obwohl, so ganz undenkbar war das nicht, gestand sich Berger ein, hatte er doch in seiner Jugend mit einigen Gleichaltrigen anlässlich einer Nachtwanderung beim Schmanddippen, dem Turm der Burgruine im nahen Hartenfels, ein beachtliches Feuer aus Reisigbündeln, die sie im Dorf hatten mitgehen lassen, entzündet. Aber auf diese Idee hatten er und seine Kumpane quasi das Copyright, und diese Nachahmer mussten sofort in ihre Schranken verwiesen werden.

„Fahr mal da hin", bat er seinen Kollegen. „Das wollen wir uns doch einmal näher ansehen."

Starck bestätigte mit einem kurzen Nicken. Da die Ortsdurchfahrt des Ortsteils Altstadt wegen Bauarbeiten gesperrt war, mussten sie einen Umweg nehmen. Sie erreichten kurze Zeit darauf den Gipfel des Hebebergs. Zuerst hatte Berger ja noch in Erwägung gezogen, dass eventuell das in unmittelbarer Nähe liegende Fichtenwäldchen brennen würde, es wäre nicht das erste Mal gewesen, aber sie sahen schon von Weitem, dass dem nicht so war.

„Das ist kein normales Feuer, da brennt ein Fahrzeug, ruf die Feuerwehr!"

Mehr konnten sie derzeit nicht tun. Der Wagen brannte lichterloh. Jeder Versuch, sich mit einem Feuerlöscher zu nähern, wäre aussichtslos und darüber hinaus auch gefährlich gewesen.

„Das scheint ein Amischlitten zu sein", bemerkte Starck.

Berger nickte. Da sich in Hachenburg das Cadillac-Museum befand und im nicht weit entfernten Linden Ersatzteile für diese Straßenkreuzer vertrieben wurden, gehörten amerikanische Oldtimer fast schon zum Straßenbild. Aber das war kein Cadillac, der da brannte. Berger kannte dieses Fahrzeug, und es hatte ihm schon immer ausnehmend gut gefallen. Das war ein 1965er Ford Mustang V8 Cabriolet. Obwohl das inzwischen kaum noch zu erkennen war, wusste er, dass dieser Mustang komplett restauriert war und mit seinem tiefschwarzen Lack und den schwarzen Ledersitzen einmal das Herz eines jeden Autoliebhabers höher schlagen ließ. Und dieses Schmuckstück hatte irgend so ein Banause mir nichts dir nichts abgefackelt. Es war eine Schande.

Die Feuerwehr kam auch recht schnell und hatte auch keine Mühe, den Brand unter Kontrolle zu bringen. Der Mustang war allerdings völlig zerstört. Als sich der schwarze Rauch etwas verzogen hatte, nahmen sie auf dem Fahrersitz einen verkohlten Leichnam wahr.

„Da sitzt noch einer drin. Das ist kein gewöhnlicher Fahrzeugbrand. Da steckt mehr dahinter", bemerkte Berger. „Das müssen sich Ulla und Christoph ansehen. Ich rufe sie gleich an."

Schmeling maunzte verärgert, als der Klingelton von Leyendeckers Handy ertönte. Es war immer noch die Anfangssequenz dieses alten Songs der Rolling Stones. Schmeling war der jüngere der beiden Kater von Frau Hein, die im Erdgeschoss von Leyendeckers Elternhaus wohnte. Er und Balboa, der ältere der beiden Stubentiger, hatten sich inzwischen mehr oder weniger zusammengerauft. Trotzdem gingen sie sich häufig lieber aus dem Weg. So kam es, dass oft einer der Kater bei Ulla und Christoph Unterschlupf suchte, den die beiden ihnen auch gerne gewährten. Das führte dann dazu, dass der rote Schmeling dann bei Ullas Füßen schlief, während der graue Balboa auf dem kleinen Teppich vor Leyendeckers Bett lag, der ständig über den Kater stolperte, wenn er nachts noch einmal aufstehen musste.

Christoph Leyendecker, der Leiter der örtlichen Polizeiinspektion, und seine Lebensgefährtin Ulla Stein waren gemeinsam vom Landeskriminalamt nach Hachenburg gewechselt. Ulla Stein war für die Kriminaldelikte zuständig. Christophs Tätigkeitsbereich hätte sich eher auf das Administrative beschränken sollen, aber bei interessanten Fällen schaltete er sich immer wieder ein, und gemeinsam hatten sie auch schon einige Erfolge gehabt. Die vorgesetzten Behörden hielten sie aufgrund ihrer Vergangenheit beim LKA doch eher an der langen Leine und ließen sie auch bei schwereren Verbrechen ermitteln.

Christoph schreckte hoch, als sein Handy klingelte. „Es sind die Kollegen", informierte er Ulla, die ebenfalls wach geworden war. „Was gibt es zu so früher Stunde?", erkundigte er sich.

„Entschuldige die frühe Störung, aber es ist wichtig", erklärte Karl Berger, den alle nur Karlchen nannten, obwohl er ein Hüne von annähernd zwei Metern war. Über sein Gewicht konnte man nur mutmaßen, aber es bereitete immer wieder Mühe, eine passende Uniform für ihn zu finden. „Wir haben hier eine Leiche in einem verbrannten Fahrzeug. Das müsst ihr euch ansehen."

„Ein Unfall?", erkundigte sich Leyendecker.

„Das wohl kaum", antwortete Berger. „Was dahinter steckt, ist unklar. Am besten, ihr macht euch selbst ein Bild. Wir sind auf dem Hebeberg. Du kannst uns nicht verfehlen."

„Da hat sich aber einer eine exponierte Position ausgesucht", stellte Ulla fest, als sie am Brandort eintrafen.

„Fragt sich nur wofür", meinte Leyendecker. „Wenn es sich um ein Verbrechen handelt, hat derjenige wenigstens nicht versucht, das geheim zu halten. Das sieht eher aus wie ein Exempel. Alle sollen es brennen sehen. Falls es Suizid ist, dann wollte derjenige mit einem Knalleffekt abtreten."

„So oder so, wir brauchen wieder mal das volle Programm. Spurensicherung, KTU und Pathologie. Die werden sich freuen, die haben ja mehr als ein halbes Jahr nichts mehr von uns gehört. Die haben uns sicher vermisst. Ich werde gleich mal telefonieren." Ulla trat etwas abseits, um kurz darauf Vollzug zu melden. „Alles erledigt. Sollen wir hier warten?"

„Das wird wohl nicht nötig sein. Wir haben ja alles gesehen und würden denen nur im Wege stehen. Karlchen soll unseren Anwärter, den Schneider, aus dem Bett klingeln. Der kann hier auf die Spurensicherung warten. Für uns ist vordringlich, dass wir die Identität des Toten feststellen. Da ist wohl der Halter des Mustangs erste Wahl."

„Ich glaube, da kann ich euch weiterhelfen", schaltete sich Karlchen ein. „Ich kenne den Wagen. Er gehört Thomas Herbst."

„Dem Herbstwind? Dem Inhaber der gleichnamigen Firma für alternative Energien? Ich glaube, du hast recht. Ich meine den schon einmal mit einem Mustang gesehen zu haben", erklärte Leyendecker.

„Genau der", bestätigte Karlchen. „Auch wenn ein solcher Wagen sicher nicht zu den hehren Zielen der erneuerbaren Energien passt. Er wohnt …"

„Das weiß ich", erklärte Leyendecker. „Die Villa ist uns gut bekannt. Wir sind dann mal weg. Mal sehen, ob wir dort jemand antreffen."

Ulla grinste, als sie vor der kubistischen Villa hielten. Hier waren sie mehrfach gewesen, als sie an ihrem ersten gemeinsamen Fall in Hachenburg gearbeitet hatten. Damals hatte man einen Hachenburger Geschäftsmann erstochen in der Gasse zwischen Katholischer Kirche und dem Gasthaus zur Krone aufgefunden. Im Verlauf der Ermittlungen hatte sich Leyendecker etwas zu sehr um die trauernde Witwe gekümmert. Die Versteigerung der Villa hatte nur einen Bruchteil der Forderungen gedeckt, die gegen den Ermordeten und die später verschwundene Witwe erhoben wurden.

Das Gebäude war unverändert. Nach wie vor umgab es eine Mauer, in die ein schmiedeeisernes Tor eingelassen war. Leyendecker drückte den sich in der Mauer befindenden Klingelknopf. Nichts rührte sich. Er versuchte es erneut. „Scheint niemand da zu sein", stellte er fest. „Ich weiß, dass er verheiratet ist. Die Ehefrau scheint aber nicht zu Hause zu sein. Irgendwie müssen wir sie ausfindig machen."

„Wir, beziehungsweise die Spurensicherung, sollten Herbsts Haus eingehend auf Hinweise untersuchen."

„Du hast schon recht. Wir sollten keine Zeit verlieren. Aber ehrlich gesagt habe ich ein ungutes Gefühl, jetzt dort einzudringen. Ich habe auch meine Zweifel, ob wir nicht einen Durchsuchungsbeschluss benötigen. Jedenfalls müssen wir dafür sorgen, dass keine Spuren vernichtet werden. Niemand darf in der Zwischenzeit das Haus betreten. Möglicherweise haben die eine Haushälterin, die vermutlich auch einen Schlüssel besitzt. Wir suchen die Firma von Held gleich heute früh auf. Sicher werden wir da mehr erfahren. Ich denke, die haben auch Möglichkeiten, Frau Held zu erreichen, wenn ich richtig orientiert bin, arbeitet die ja in der Firma mit. Ich lasse hier absperren. Morgen früh müssen auch die Anwohner befragt werden. Wenn wir Glück haben, haben die ja etwas mitbekommen, oder sie wissen, wie wir die Frau erreichen können."

Er bat Berger telefonisch, das Haus zu bewachen. Er könne ja in aller Frühe mit der Befragung der Nachbarn beginnen, während Starck die Villa im Auge behielt.

Danach rief er Schneider an, damit der die Kollegen von der Spurensicherung informierte, dass noch mehr Arbeit auf sie zukommen würde.

Bevor er das Gespräch beendete sagte Schneider: „Warten Sie Chef, nicht auflegen. POK Berger erwähnte, dass das verbrannte Auto diesem Herbstwind gehört, so nennen ihn die Leute doch. Vielleicht ist das ja wichtig. Ich habe ihn gestern Abend gesehen. Es war doch „Treffpunkt Alter Markt", dieses Open-Air-Konzert. Da saß er vor dem Gasthaus zum Alten Markt."

Eigentlich hatten Leyendecker und Ulla auch das Konzert der Hachenburger Kultband Booze Brothers im Rahmen dieser Veranstaltungsreihe besuchen wollen, die an verschiedenen Donnerstagen im Sommer in der guten Stube Hachenburgs stattfindet. Aber irgendwie hatten sie es versäumt. Und als sie dann die Musik hörten, konnten sie sich nicht mehr aufrappeln. „Das ist sicher wichtig. So haben wir wenigstens einen Anhaltspunkt, wo er sich aufgehalten hat. Wir reden noch genauer darüber."

Die Sonne war inzwischen längst aufgegangen. Es war noch etwas früh, um Herbsts Firma aufzusuchen. Allerdings wollten sie auch zu so früher Stunde die Nachbarn nicht aus den Betten klingeln. Aber sie hatten Glück. Die Tür des Nachbarhauses ging auf, und ein älterer Mann trat aus der Haustür. Er war groß und schlank mit vollem weißen Haar. Bekleidet war er mit einer beigen Leinenhose und einem weißen Poloshirt, über dem er jedoch eine warme Weste trug. An der Leine lief ein Jack-Russel-Terrier voraus, der, bis auf ein schwarzes Ohr, komplett weiß war. Der Mann kam auf sie zu. Die gerade Haltung erinnerte irgendwie an einen Offizier.

In drei Metern Entfernung blieb er stehen. Der Jack-Russel hätte sie sicher gerne näher in Augenschein genommen und zerrte an der Leine. „Ruhig Ramses!", befahl der Alte. „Platz!" Der

Hund schien zu überlegen, ob er der Aufforderung seines Herrn Folge leisten sollte, setzte sich aber schließlich doch zögernd hin.

„Guten Morgen, die Dame, guten Morgen, der Herr. Was führt die Polizei zu so früher Stunde in unsere ruhige Wohngegend?"

Ulla lächelte. „Auch ihnen einen guten Morgen, mein Name ist Stein, und das ist unser Chef, Herr Leyendecker. Vielleicht können Sie uns ein paar Fragen beantworten."

„Aber gerne. Ich war früher fast so etwas wie ein Kollege von Ihnen. Allerdings nur fast, ich war Amtsrichter, zuerst hier in Hachenburg auf dem Schloss, später dann in Westerburg. Um was geht es denn? Wollen Sie zu Herrn Herbst oder seiner Frau?"

„Richtig", bestätigte Leyendecker. „Wir haben geläutet. Anscheinend ist niemand da. Wissen Sie vielleicht, wo sich Frau Herbst aufhält?"

„Da kann ich Ihnen leider nicht helfen. Die beiden pflegen keinen sehr intensiven Kontakt zu ihren Nachbarn. Ist ja auch etwas beschwerlich, wenn das gesamte Grundstück von einer hohen Mauer umgeben ist. Heute Nacht war jedenfalls noch jemand da."

„Sie haben jemand gesehen?", erkundigte sich Ulla.

„Nicht gesehen, nur gehört. Mitten in der Nacht habe ich sein Auto gehört. Wissen Sie, er fährt so einen Oldtimer, einen amerikanischen Mustang. Der ist nicht so leicht zu überhören.

Übrigens ein toller Wagen. Als ich gegenüber meiner Frau einmal erwähnte, dass ich auch gerne so einen hätte, hat sie nur gelacht und gefragt, ob meine Midlife-Crisis immer noch nicht beendet sei. Aber das tut wohl hier nichts zur Sache. Um auf ihre Frage zurückzukommen, ich habe einen sehr leichten Schlaf, das muss so gegen drei Uhr gewesen sein, da habe ich gehört, dass er davongefahren ist."

„Haben Sie sonst noch etwas gehört oder gesehen? War gestern Abend vielleicht noch Besuch da?"

„Nicht dass ich wüsste. Gestern Nachmittag gegen halb sieben habe ich den Wagen gehört. Da kam er sicher aus der Firma. Um halb acht, ich habe gerade meine Runde mit Ramses gemacht, verließ er das Haus. Er war zu Fuß, was sonst gar nicht seine Art ist."

„Ist Ihnen sonst etwas aufgefallen, Herr …?"

„Oh, verzeihen Sie mir. Ich habe mich ja gar nicht vorgestellt. Wie unhöflich von mir. Mein Name ist Schmiedinger. Nein, sonst habe ich nichts gesehen oder gehört."

„Das war doch schon eine ganze Menge, Herr Schmiedinger", antwortete Ulla. „Ich lasse Ihnen mal meine Karte da. Da steht auch meine Handynummer drauf. Falls Ihnen noch etwas einfällt, zögern Sie nicht, mich anzurufen."

„Das werde ich natürlich tun", versprach Schmiedinger. „Um was geht es denn eigentlich?"

„Sie wissen ja selbst, dass wir nicht allzu viel sagen können, aber Sie werden es ja ohnehin erfahren, heute Nacht ist der Mustang Ihres Nachbarn verbrannt."

„Schade um den schönen Wagen. Wenn sonst nichts mehr ist, mache ich mich mal auf den Weg. Auf Wiedersehen." Der Hund hatte anscheinend verstanden und sprang eifrig auf und zog an der Leine.

Leyendecker sah dem ehemaligen Amtsrichter hinterher. „Das waren doch schon einige Informationen. Wir wissen, dass Herbst zu Fuß das Haus verlassen hat. Das war auch naheliegend. Von hier ist es über den Dehlinger Weg, die Leipziger Straße und die Friedrichstraße gerade mal ein Kilometer bis zum Alten Markt. Wenn dort Veranstaltungen sind, ist die Parksituation auch nicht ganz so einfach. Da war es schon vernünftig, das Auto stehen zu lassen. Vielleicht wollte er auch etwas trinken. Wo er hingegangen ist, wissen wir dank unserem Anwärter ja. Wann Schneider ihn genau gesehen hat, müssen wir noch erfragen. Zurückkommen hat ihn keiner gesehen. Vermutlich ist er aber zurückgekehrt, denn mitten in der Nacht hat sein Fahrzeug das Grundstück verlassen."

„Das ist allerdings nur eine Vermutung", gab Ulla zu bedenken. „Das Auto kann auch ein anderer gefahren haben."

„Wenn wir davon ausgehen, dass es kein Suizid war, wurde das Auto wahrscheinlich tatsächlich von einem anderen gefahren", gab Leyendecker ihr recht. „Aber es ist doch sehr wahrscheinlich, dass er zurückgekommen ist. Es ist kaum vorstellbar, dass er irgendwo überwältigt wurde und man dann mit seinen Schlüsseln den Wagen geholt hat. Vielleicht stellt die Spurensicherung ja fest, ob noch eine zweite Person im Haus war. Da können wir nur abwarten."

Kapitel 2

Der Verwaltungssitz der Herbstwind lag am Kleeberger Weg. Weder Leyendecker noch Ulla hatten das moderne Gebäude aus Stahl und Glas vorher betreten. Leyendecker hatte sich einmal gefragt, ob es sich im Sommer aufgrund der riesigen Fensterfronten nicht sehr aufheizen würde. Aber dann war er doch zu der Erkenntnis gelangt, dass eine Firma, die alternative Energie erzeugte und vertrieb, ihre Besucher nicht in einer Sauna empfangen würde. Vermutlich war das Gebäude auch völlig autark und würde wohl noch Strom ins öffentliche Netz abgeben. Aufgrund der Temperaturen, die schon seit Tagen herrschten, bestand ohnehin nicht die Gefahr der Überhitzung.

Obwohl es noch sehr früh war, schienen schon alle Mitarbeiter in die Firma gekommen zu sein. Aber niemand hatte bisher seinen Arbeitsplatz aufgesucht, denn der Eingangsbereich stand voller Menschen. Natürlich hatte sich die Nachricht vom Brand des Mustangs bereits herumgesprochen, und natürlich wussten alle, dass dabei auch eine Person, vermutlich der Firmenchef, zu Tode gekommen war. Solche Informationen verbreiten sich heutzutage mithilfe der modernen Kommunikationsmittel in Windeseile. Man stand in kleinen Gruppen zusammen und diskutierte aufgeregt.

Die beiden Polizeibeamten schauten sich suchend um. Die Theke mit dem Computerterminal, bei der es sich wohl um den Empfang handelte, war unbesetzt.

Da kam auch schon ein Mann auf sie zu. Er mochte wohl um die fünfzig sein, war schlank und mittelgroß, mit dunkelblonden Haaren und blauen Augen. Er machte einen sympathischen Eindruck auf Ulla. Er gab Ihnen die Hand. „Hallo Frau Stein, hallo Herr Leyendecker, willkommen in unserer Firma. Es freut mich, Sie kennenzulernen, auch wenn der Anlass wohl eher ein bedauerlicher ist. Mein Name ist Halfer. Sie kommen natürlich wegen des Fahrzeugs unseres Chefs. Kann man denn schon Genaueres sagen? Steht die Identität des Toten fest?"

„Wie ich sehe, kennen Sie uns. Dann brauche ich uns wohl nicht weiter vorzustellen."

„Natürlich kenne ich Sie", unterbrach Halfer ihn. „Spätestens seit der Sache mit dem verschwundenen Amerikaner kennt Sie beide ja wohl jeder."

„Schon gut", wiegelte Leyendecker ab. „Um Ihre Frage zu beantworten, derzeit können wir nicht sagen, ob es sich bei dem Toten um Thomas Herbst handelt. Wir kommen eigentlich, weil wir gerne mit seiner Frau sprechen wollen. Wissen Sie, wie wir sie erreichen können? Ist sie vielleicht hier in der Firma?"

„Frau Herbst hätte sich sicher schon mit Ihnen in Verbindung gesetzt, aber sie befindet sich derzeit in Hongkong. Aber wollen Sie nicht mit in mein Büro kommen? Da sind wir ungestört und können in Ruhe reden."

„Sehr gerne", stimmte Ulla zu.

„Dann folgen Sie mir bitte", erwiderte Halfer und deutete eine leichte Verbeugung an. „Mein Büro befindet sich im ersten Stock."

Das Büro war sachlich und modern eingerichtet, überwiegend grauer Schleiflack. Allerdings fand Ulla es etwas unpersönlich. An den Wänden hingen keine Bilder, ganz im Gegensatz zum Foyer, wo sie mehrere großformatige Fotos von Wind und Solarparks gesehen hatten. Lediglich auf dem Schreibtisch standen einige Modelle von Windrädern.

Halfer bot ihnen einen Platz auf den kleinen schwarzen Ledersesseln vor seinem Schreibtisch an. „Wie ich schon sagte, Frau Herbst befindet sich in Hongkong, aber ich stehe in telefonischer Verbindung mit ihr. Ich habe sie bereits über die Ereignisse informiert, soweit sie mir bekannt sind, allzu viel weiß ich natürlich nicht. Deshalb hoffte ich ja, von Ihnen mehr zu erfahren."

„Was wissen Sie denn bisher?", hörte Ulla nach.

Halfer drehte die Handflächen nach außen. Dabei fiel Ulla die Uhr an seinem Handgelenk auf. Es handelte sich um eine IWC, eine Schweizer Nobelmarke. Darüber hinaus trug er einen

Ring, den sie in dieser Form noch nie gesehen hatte. Wie es schien, war der aus einem silberfarbenen Hufnagel gefertigt. „Genau genommen weiß ich überhaupt nichts. Was man so erzählt. Angeblich ist der Mustang von Herrn Herbst auf dem Berg gegenüber ausgebrannt. Man sagt, man habe darin eine verbrannte Leiche gefunden. Da liegt ja die Vermutung nahe, dass es sich dabei um unseren Chef handelt."

„Da wissen Sie genauso viel wie wir", erklärte Leyendecker. „Herr Herbst ist heute Morgen nicht in die Firma gekommen? Hätte ja sein können, dass der Wagen gestohlen worden ist und eine andere Person darin umgekommen ist. Wir brauchen unbedingt Material, das unsere Spezialisten mit der DNS der oder des Toten vergleichen können."

„Ich kann Ihnen gerne sein Zimmer zeigen. Aber würden Sie nicht besser in der Wohnung suchen?"

„Deshalb hätten wir ja gerne mit Frau Herbst gesprochen, ganz abgesehen davon, dass wir ja ohnehin mit ihr reden müssen."

Halfer griff zum Telefonhörer. Nach kurzer Zeit meldete sich eine weibliche Stimme. „Was gibt es Michael? Hast du noch irgendetwas erfahren?"

„Birgit, bei mir ist die Polizei, Frau Stein und Herr Leyendecker, die sind dir ja sicher ein Begriff. Am besten, du sprichst einfach selbst mit Ihnen." Er reichte das Telefon über den Schreibtisch und sah die beiden Polizeibeamten fragend an.

Ulla ergriff den Hörer. „Hallo Frau Herbst, mein Name ist Stein. Sie haben die schlechten Nachrichten ja schon gehört. Genaueres kann ich Ihnen zum jetzigen Zeitpunkt auch nicht sagen. Zuerst müssen wir die Identität der toten Person abklären. Dazu wäre es sinnvoll, wenn unsere Leute Ihr Wohnhaus betreten dürften, um so an DNS-Proben zu gelangen. Man könnte dabei auch nach Spuren anderer Personen suchen, mit denen sich ihr Mann möglicherweise in der Wohnung getroffen hat. Wissen Sie vielleicht irgendetwas darüber? Haben Sie mit Ihrem Mann telefoniert? Hat er erwähnt, dass er sich mit jemand treffen wollte?"

„Ich habe zuletzt gestern Nachmittag, Nachmittag nach Hongkongzeit, mit ihm telefoniert, also muss es in Deutschland Vormittag gewesen sein. Er war in der Firma und überlegte wohl, ob er zu diesem Konzert auf dem Alten Markt gehen sollte. Mehr kann ich Ihnen im Moment auch nicht sagen. Selbstverständlich können Sie unser Haus betreten. Unsere Haushälterin hat einen Schlüssel. Sie ist Spanierin und spricht immer noch ziemlich schlecht deutsch. Conchita heißt sie, Conchita Schäfer. Sie war mit einem Deutschen verheiratet, aber das hat nur ein knappes Jahr gedauert. Trotzdem ist sie hier geblieben. Das liegt wohl an der wirtschaftlichen Situation Spaniens. Dort ist es sicher nicht so leicht, einen

Arbeitsplatz zu finden. Sie wohnt in der Weberstraße. Ich werde wohl morgen zurückkommen und mich gleich mit Ihnen in Verbindung setzen."

Ulla bedankte sich und ließ sich noch den Zahnarzt von Thomas Herbst nennen.

„Wann haben Sie denn Herrn Herbst zuletzt gesehen?", fragte Leyendecker Halfer.

„Tatsächlich habe ich ihn gestern Abend ganz kurz gesehen. Ich war auch bei diesem Konzert auf dem Markt. Wir haben uns zugewinkt, aber nicht miteinander gesprochen. Ich habe ihn dann nachher auch aus den Augen verloren. Es waren ja eine ganze Menge Leute auf dem Markt. Nach der Veranstaltung bin ich so gegen halb elf nach Hause gegangen."

Anschließend bat Ulla noch das versammelte Personal um etwaige Hinweise. Einige hatten Herbst wohl am vergangenen Abend ebenfalls gesehen. Weiter Informationen erhielten sie jedoch nicht.

Leyendecker rief die Spurensicherung an und verabredete sich an Herbsts Villa. Anschließend fuhren sie zur Weberstraße, einer der sogenannten Hintergassen von Hachenburg. Sie läuteten an dem alten Gebäude. Conchita Schäfer war zu Hause. Bis zu ihr hatte sich das Geschehen der vergangenen Nacht noch nicht herumgesprochen. Vermutlich war sie nicht so sehr in den sozialen Medien unterwegs, zumindest nicht in deutscher

Sprache. Sie zeigte sich von der Nachricht tief betroffen, hatte Herbst aber am Vortag nicht gesehen. Als sie ihrer Arbeit nachging, sei er in der Firma gewesen. Zumindest nahm sie das an. Sie händigte Ihnen ohne Probleme den Haustürschlüssel aus.

Anschließend fuhren sie zu Villa. Die Leute der Spusi kamen auch kurz darauf. Der Leiter, der Mann mit der John-Lennon-Brille, begrüßte sie freundlich, schließlich waren sie ja inzwischen alte Bekannte. Er bat jedoch, dass Leyendecker und Ulla zunächst warteten, bis sie alles untersucht hätten. Es dauerte nicht allzu lange, und er rief sie herein. Sie zogen sich Überzieher über die Schuhe und folgten ihm.

Das Innere des Gebäudes hatte sich kaum verändert, seit sie es das letzte Mal betreten hatten. Lediglich das Original des bekannten Pop-Art-Künstlers Roy Lichtenstein fehlte. Natürlich war es anderweitig verkauft worden und hatte zur Befriedigung der vielen Gläubiger beigetragen.

Ansonsten wirkte alles gereinigt und aufgeräumt, noch nicht einmal ein Glas stand auf der Küchenspüle. „Das Geschirr im Geschirrspüler ist auch gereinigt", erklärte der Spusi-Leiter. „Es besteht kaum Aussicht, dass wir hier etwas finden. Hier wurde gründliche Arbeit geleistet. Zumindest konnten wir im Bad zwei Zahnbürsten und einige Haare sicherstellen. Für einen DNS-Vergleich wird das wohl reichen. Aber ansonsten kann ich wenig Hoffnung machen, dass wir hier brauchbare Spuren finden. Entweder der Mann war sehr reinlich, oder jemand hat hier gründlich Spuren beseitigt."

Für Leyendecker war die zweite Alternative doch wahrscheinlicher. Natürlich wussten sie beide, dass die ersten Stunden nach einer Tat die wichtigsten sind, um einen Fall aufzuklären. Aber wo sollten sie anfangen? Es war wieder einmal die übliche Kleinarbeit gefragt. Leyendecker wies zwei der unformierten Kollegen an, die Nachbarn eingehend zu befragen. Vielleicht hatte außer dem alten Amtsrichter ja sonst noch jemand etwas mitbekommen.

Ulla fuhr Leyendecker zur Dienststelle. Wie meistens waren sie mit Ullas Mini unterwegs. Von dort informierte er die Kripo in Koblenz. Die Kollegen wollten später, nachdem feststand, dass es sich um ein Verbrechen handelte, entscheiden, ob sie sich einschalteten. Ein Großteil ihrer Mannschaft sei nach Kruft ausgerückt. Dort war wohl ein Familienvater Amok gelaufen und hatte seine Frau mit einem Beil erschlagen. Danach war er mit zwei Kindern verschwunden. Die Fahndung lief auf Hochtouren.

Ulla suchte noch einmal den Ort des Geschehens auf. Die verkohlte Leiche hatte man bereits abtransportiert. Eine Obduktion würde hoffentlich weiteren Aufschluss bringen. Der Mustang wurde gerade auf einen Transportwagen gehoben und zur kriminaltechnischen Untersuchung gebracht.

Ulla versuchte, sich in die Beweggründe des Täters einzufinden. Zum jetzigen Zeitpunkt ging sie davon aus, dass es sich nicht um einen Suizid handelte. Warum hatte er das Fahrzeug gerade hier angezündet. Von hier schaute man geradewegs auf die gegenüberliegende Stadt mit seinem Schloss. Der Täter wollte seinem Opfer sicher nicht am Ende seines Weges noch einen Blick auf Hachenburg verschaffen. Aber irgendetwas hatte die exponierte Position schon zu besagen. Und natürlich hatte das Feuer auch etwas zu bedeuten. Der Täter, Ulla war überzeugt, dass es sich um einen Mann handelte, suchte die Öffentlichkeit. Irgendwie wurde sie an einen mittelalterlichen Scheiterhaufen erinnert, der auch immer für die Öffentlichkeit gut sichtbar errichtet wurde. Wollte jemand Herbst bestrafen? Ein Exempel statuieren? Jedenfalls wollte er Aufmerksamkeit erzielen. Die Öffentlichkeit sollte sein Werk wahrnehmen, vermutlich sogar bewundern. Mit einer introvertierten Person hatten sie es hier sicher nicht zu tun. Weshalb das alles so geschah, konnte man zum jetzigen Zeitpunkt nicht sagen. Ulla war überzeugt, dass dies nicht das Ende war. In irgendeiner Form würde der Täter wieder auf sich aufmerksam machen.

Als Leyendecker seinen Pflichten als Dienststellenleiter notdürftig nachgekommen war, galt seine Aufmerksamkeit wieder den Ereignissen der vergangenen Nacht. Er verstand zwar nicht viel vom Internet, aber einen allgemeinen Überblick konnte er sich schon verschaffen. Also gab er den Namen Herbstwind in eine Suchmaschine ein und kam zu einer Vielzahl von Treffern. Zuerst landete er auf der Homepage der Firma und stellte fest, dass es sich um eine GmbH & Co. KG handelte. Genaueres würde wohl ein Auszug aus dem Handelsregister erbringen. Die neueste der zahlreichen Pressemitteilungen war die Eröffnung des Solarparks zwischen Hachenburg und Hattert.

Er fand heraus, dass ein Helmut Herbst zusammen mit einem Compagnon namens Herbert Halfer Anfang der neunziger Jahre des letzten Jahrhunderts die ersten Windräder errichten ließ. Die Vermutung war naheliegend, dass es sich bei den beiden Gründern um die Väter von Thomas Herbst und Michael Halfer handelte. Zuerst war das Engagement der beiden wohl nur als Geldanlage und als Beitrag für eine saubere Energie gedacht. Hieraus hatte sich dann mit den Jahren die Firma entwickelt. Anfang der Jahrtausendwende wurde der Name von Herbert Halfer nicht mehr im Zusammenhang mit der Firma genannt. 2010 verstarb dann der Firmengründer, und seitdem leitete sein Sohn Thomas die Herbstwind. Er hatte Maschinenbau studiert und einige Jahre bei verschiedenen Firmen im In- und Ausland gearbeitet, unter anderem bei einer bekannten Firma in Dänemark, die Windkraftanlagen baut und vertreibt.

Er war schon lange Jahre mit Birgit, geborene Knecht, verheiratet, die er wohl schon seit Kindesbeinen kannte. Soweit Leyendecker feststellen konnte, war die Ehe kinderlos.

An sich waren aus den frei zugänglichen Quellen keine Besonderheiten zu erkennen. Leyendecker fiel nur auf, dass die Firma im Jahre 2015 Unternehmensanleihen ausgegeben hatte, mit denen sie eine Verzinsung von fünf Prozent bei einer Laufzeit von zehn Jahren garantierte. Leyendecker war diese Art der Geldbeschaffung immer suspekt erschienen. Seit Draghi ganz Europa mit billigem Geld überschwemmte, wäre eine herkömmliche Finanzierung über Bankdarlehn aus seiner Sicht wirtschaftlicher gewesen. Gerade in der Vergangenheit hatten Geldanleger bei Firmen aus dem Bereich der Alternativen Energien doch einige negative Überraschungen erlebt. Firmen, die Windparks betrieben, gehörten genauso dazu, wie diejenigen, die Solarzellen oder Pellets produzierten. Hier hatten die Anleger viel Geld verloren. Ganz egal ob sie in Aktien, Genussscheine oder Unternehmensanleihen investiert hatten. Aber aus Leyendeckers Ablehnung dieser Anlageformen irgendeinen Zusammenhang abzuleiten, wäre jedoch leichtfertig und verfrüht.

Trotzdem konnte es ja nichts schaden, etwas tiefer einzusteigen. Er rief Mark Schneider, ihren Anwärter, zu sich, den er schon häufiger mit Ermittlungen im Internet beauftragt hatte. Zunächst befragte er ihn eingehend nach dem gestrigen Abend. Schneider hatte Herbst zwar auf dem Alten Markt gesehen, hatte ihn jedoch sehr bald aus den Augen verloren und konnte auch nicht sagen, wo der nach Ende der Veranstaltung verblieben war, in Pits Kneipe jedenfalls nicht, denn dort sei er selbst bis kurz vor Mitternacht gewesen.

Leyendecker wusste nicht, wonach Schneider konkret im Internet suchen sollte, aber man konnte ja nie zu viele Informationen haben. Ob etwas wichtig war, stellte sich meist ohnehin erst viel später heraus.

Kurz darauf erhielt er einen Anruf von der Pathologie. Die Obduktion sei zwar nicht abgeschlossen, aber man habe vorher Herbsts Zahnstatus mit der Leiche verglichen. Danach bestehe kein Zweifel. Es handele es sich bei dem Toten um Thomas Herbst.

Ulla war inzwischen zurückgekehrt. Leyendecker informierte sie über die letzte Entwicklung, da meldete sich die Wache: „Hier ist eine Frau Kleber. Sie sagt, sie habe Informationen zum Fall Herbst."

„Soll hochkommen", erklärte Leyendecker. „Frau Stein ist bei mir im Zimmer."

Die junge Frau, die kurz darauf das Zimmer betrat, kam ihnen sogleich bekannt vor. Sie erinnerten sich, dass sie sie im Foyer der Herbstwind gesehen hatten. „Nehmen Sie doch Platz", bat Leyendecker und deutete auf einen der freien Stühle vor seinem Schreibtisch.

Ulla blieb neben Leyendecker stehen. „Was haben Sie uns den mitzuteilen, Frau Kleber?"

Die Besucherin wirkte äußerst verlegen und zerknüllte unablässig ein Papiertaschentuch zwischen ihren Händen. „Ich weiß nicht, wie ich das sagen soll", begann sie nervös.

„Nur heraus mit der Sprache", munterte Leyendecker sie auf.

Frau Kleber fasste sich ein Herz. „Um es geradeheraus zu sagen, er war bei mir."

Es bestand für die beiden Polizisten kein Zweifel, von wem die junge Frau sprach. „Sie reden von Thomas Herbst?", fragte Ulla trotzdem nach und erhielt ein kurzes Kopfnicken als Antwort. „Erzählen Sie bitte Genaueres", bat sie.

„Ich habe ihn auf dem Alten Markt getroffen. Wir haben uns kurz verständigt, dass er nach Schluss der Veranstaltung zu mir kommt. Wir wohnen am Johann-August-Ring."

„Herr Herbst ist also dann zu Ihnen gekommen. Sie sagten wir. Sind Sie verheiratet? Falls ja, wo war denn Ihr Mann?"

„Mein Mann arbeitet als Pfleger im Krankenhaus. Er hatte gestern Nachtschicht, auf der Chirurgie."

„Ich brauche wohl nicht zu fragen, warum er zu Ihnen kam", erklärte Leyendecker. „Das kam wohl öfter vor."

Ihr Gegenüber nickte verlegen.

„Wir gehen davon aus, dass Ihr Mann nichts davon weiß", bemerkte Ulla. „Waren Sie in Herbst verliebt?"

„Ich weiß nicht so recht", antwortete sie zögerlich. „Es ist irgendwie so gekommen. Ich kam da nicht mehr raus. Er ist doch mein Chef, und da kann ich doch nicht einfach sagen: Das war es jetzt."

„Das verstehe ich nicht", erklärte Ulla. „Warum konnten Sie das nicht sagen?"

„Wir haben uns ein Baugrundstück gekauft und wollen im Frühjahr bauen. Wir brauchen das Geld."

Es erschloss sich Ulla immer noch nicht, warum die junge Frau die inzwischen ungewollte Beziehung nicht beenden konnte. Die Zeiten der Leibeigenschaft waren schließlich lange abgeschafft. „Und da meinen Sie, mit der Beendigung dieser Beziehung hätten Ihnen Nachteile, eventuell sogar die Entlassung, gedroht?", erkundigte sie sich ungläubig. „Hat er mal so was angedeutet?"

Sie schüttelte den Kopf. „Ich wollte es nicht darauf ankommen lassen."

Ulla verstand nicht, was im Kopf dieser Frau vorging, aber sie musste ja auch nicht alles verstehen. „Wie lange war er bei Ihnen?", fragte sie.

„Er ist kurz nach zwölf gegangen."

„Wollte er nach Hause?"

„Er hat nichts gesagt. Aber davon gehe ich aus."

„Hat er sich noch einmal gemeldet, oder haben Sie uns sonst noch etwas zu sagen?"

Die junge Frau schüttelte den Kopf. „Ich habe eine Bitte, kann das alles unter uns bleiben? Wenn mein Mann oder Frau Herbst davon erfahren …"

„Das können wir Ihnen leider nicht versprechen", erklärte Leyendecker. „Aber wenn es uns möglich ist, werden wir diese Informationen für uns behalten. Wir danken Ihnen trotzdem, dass Sie sich gemeldet haben. Ich kann mir vorstellen, wie schwer das Ihnen gefallen ist. Falls wir noch Fragen haben, werden wir uns mit Ihnen in Verbindung setzen. Wenn Ihnen noch etwas einfällt, melden Sie sich bitte."

„Da haben wir ja schon unseren ersten Verdächtigen", stellte Ulla fest, als die junge Frau gegangen war.

„Du meinst den gehörnten Ehemann. Wenn er tatsächlich Nachtdienst hatte, hat er wohl ein Alibi. So lange konnte er sich sicher nicht entfernen, ohne dass das aufgefallen wäre. Ich fürchte allerdings, dass die Lösung nicht so einfach ist."

„Wir müssen das überprüfen, vielleicht wusste er ja schon länger von dem Verhältnis und hat seine Frau angelogen. Vielleicht hat er ja die Schicht getauscht."

„Wir sollten dabei aber möglichst diskret vorgehen. Wenn der Mann nichts mit Herbsts Tod zu tun hat, wollen wir keine Unruhe schüren."

„Ich glaube, ich weiß auch wie. Du kennst doch die Elisabeth, die ist vor zwei Wochen vom Pferd gefallen, komplizierter Beinbruch. Die liegt hier im Krankenhaus. Ich werde sie heute Abend einmal besuchen."

„Leute in unserem Alter sollten es bei dem Streicheln von Pferden belassen."

„Was heißt hier in unserem Alter. Du scheinst zu vergessen, dass ich deutlich jünger bin als du", entrüstete sich Ulla.

Berger betrat das Zimmer. „Setz dich", forderte Leyendecker in auf. „Ich hoffe, du kannst uns etwas berichten, was uns in dieser Sache weiter bringt. Übrigens hat der Vergleich des Gebisses ergeben, dass es sich bei dem Toten um Herbst handelt."

Karlchen ließ sich auf dem Stuhl nieder. „Wir hatten ja wohl nichts anderes erwartet. Aber um auf deine Frage zurückzukommen, leider habe ich nichts Neues zu berichten. Keiner der Nachbarn hat etwas gehört."

„Wir müssen die Anwohner der Bergstraße, zumindest die im oberen Bereich und die von der Querstraße da oben, wie heißt die noch gleich, ich glaube: Vor der Heck, befragen. Kann ja sein, dass jemand aus dem Fenster gesehen oder den Hund rausgelassen und irgendwas beobachtet hat. In dem kleinen Häuschen bei der Grillhütte, da wohnen doch auch Leute. Auch mit denen muss gesprochen werden."

„Ist alles schon veranlasst. Bis jetzt haben wir keinen gefunden, der irgendwas bemerkt hat. Lediglich hat ein Anwohner der Bergstraße ein auffällig klingendes Auto gehört. Das hilft euch vermutlich kaum weiter. Aber jetzt muss ich ins Bett. Wie du ja weißt, hatte ich Nachtschicht. Ich bin todmüde."

„Du hast recht. Mach, dass du ins Bett kommst."

„Der Kerl war ganz schön dreist", sagte Ulla, als Berger gegangen war. „Wie leicht hätte er gesehen werden können. Es ist doch auffällig, wenn auf dem Berg ein Feuer ausbricht. Da ist man doch wie auf dem Präsentierteller."

„Da gebe ich dir recht", bestätigte Leyendecker. „Und er hat den Tatort vermutlich zu Fuß verlassen, es sei denn, er hatte irgendein Gefährt, vielleicht ein Klapprad, im Kofferraum des Wagens. Auch Berger und Starck hätten ihn sehen können, wenn sie den Brand früher bemerkt hätten. Er ist das Risiko, entdeckt zu werden, wohl bewusst eingegangen."

„Das alles ließe sich leicht erklären, wenn es sich doch um einen Selbstmord handeln würde. Dass er auf dem Fahrersitz saß, lässt es ebenfalls so aussehen. Aber ich glaube nicht daran."

Es war gegen siebzehn Uhr, als sich der Pathologe meldete. Er habe den Bericht noch nicht schreiben lassen, aber er wolle Leyendecker die wesentlichen Erkenntnisse vorab telefonisch mitteilen.

Leyendecker bat um einen kleinen Augenblick und rief Ulla zu dem Gespräch hinzu. „Die Kollegin Stein hört unser Gespräch mit", informierte er den Arzt.

„Also gut. Hier sind die Fakten.

Erstens: Er hat noch gelebt. In seiner Lunge haben wir Rauchpartikel festgestellt.

Zweitens: Er wurde mit Brandbeschleuniger begossen, nicht viel, ich schätze etwa eine Flasche. Gut möglich, dass es sich dabei um Benzin gehandelt hat.

Drittens: Trotz der Brandwunden habe ich an seinem Hals mögliche Spuren eines Elektroschockers entdeckt. Festlegen möchte ich mich da nicht, aber es sieht ganz so aus.

Viertens: Seine Körperhaltung lässt darauf schließen, dass er an Händen und Füßen mit Klebeband oder Kabelbindern gefesselt war. Vermutlich war er auch geknebelt.

Das Erstaunlichste kommt aber zum Schluss. Er hatte eine Eineuromünze im Mund. Unter der Zunge. Deshalb gehe ich auch davon aus, dass er geknebelt war. Sonst hätte er die sicherlich ausgespuckt.

Ich hoffe, dass ich Ihnen etwas helfen konnte. Mein schriftlicher Bericht folgt."

Leyendecker bedankt sich. „*Obolus*", sagte er, nachdem er aufgelegt hatte. „Du weißt, was Obolus bedeutet?"

„Klar weiß ich, was Obolus bedeutet. Man bezeichnet gelegentlich einen kleinen finanziellen Beitrag so, eine unbedeutende Spende. Ursprünglich kommt das wohl aus der griechischen Mythologie und hatte was mit einem Fährmann zu tun. Hat nicht Chris de Burgh ein Lied darüber gesungen?"

Leyendecker lächelte. „Du meinst: Don´t pay the Ferryman. Vermutlich hat dieser Mythos die Anregung zu diesem Text gegeben. Wie du weißt, war ich in Marienstatt auf dem Gymnasium. Da hat man uns mit Latein und Altgriechisch drangsaliert und uns in diesem Zusammenhang die gesamte griechische Mythologie vorgebetet. Obolus ist der Lohn des Fährmanns Charon, der die Verstorbenen über den Totenfluss Acheron in die Unterwelt bringt. Er wurde mit einem Stück Silber bezahlt, das man den Toten unter die Zunge legt, danach hat man später eine antike Silbermünze benannt."

„Und du glaubst, dass er auf diesen Obolus anspielt? Haben wir es mit einem Verrückten zu tun?", fragte Ulla, „oder landen wir wieder einmal beim Gymnasium in Marienstatt?"

„Ich glaube nicht, dass er verrückt ist", erwiderte Leyendecker. „Der Mann geht ganz gezielt vor. Er wusste, dass man den Euro finden würde. Vielleicht ist das auch nur ein Zeichen, Herbst solle an seinem Geld ersticken. Und der Mythos des Fährmanns ist nicht nur in Marienstatt verbreitet. Vielleicht will er uns auch nur verwirren."

Kapitel 3

Leyendecker hatte noch am Vortag die Kollegen von der Kriminalpolizei in Koblenz von der neusten Entwicklung unterrichtet. Die waren immer noch sehr mit dem Axtmörder beschäftigt, der bisher noch nicht gefunden worden war. Andererseits wollten sie einen spektakulären Fall, wie er nun mal in Hachenburg geschehen war, nicht einfach der örtlichen Polizei überlassen. Da war es ihnen ganz recht, dass mit Ulla Stein und Christoph Leyendecker zwei erfahrene Beamte vor Ort waren, um einen etwas unerfahrenen Kollegen unter ihre Fittiche zu nehmen. Kriminalkommissar Lars Höbel hatte das Studium mit ausgezeichneten Noten abgeschlossen, und man prognostizierte ihm eine erfolgreiche Karriere. Die Koblenzer waren der Auffassung, dass er von der Zusammenarbeit nur profitieren würde. Man hatte sein Kommen für den heutigen Tag angekündigt.

Leyendecker war noch nicht lange auf der Dienststelle, als es klopfte und besagter Lars Höbel sein Zimmer betrat. Der junge Mann hätte genauso gut für einen Sportartikelhersteller Werbung machen können. Er war braun gebrannt, hatte mittellange, blond gelockte Haare, strahlend blaue Augen und ein fröhliches Lächeln. Bekleidet war er mit einer verwaschenen Jeans, einem Shirt mit Coldplay-logo und weißen Sneakers. Er zog einen Trolley hinter sich her. An einem Schulterriemen trug er eine Laptoptasche. „Kriminalkommissar Höbel", stellte er sich vor. „Ich denke, man hat Ihnen mein Kommen avisiert."

„Das hat man", bestätigte Leyendecker und amüsierte sich über das Wort avisiert. Er reichte ihm die Hand. „Auf eine gute Zusammenarbeit." Leyendecker zeigte auf einen der Stühle vor seinem Schreibtisch. „Ich denke, ich rufe Frau Stein gleich hinzu. Mit ihr werden Sie ja in erster Linie zusammenarbeiten."

„Der angekündigte Kollege aus Koblenz", erklärte Leyendecker, als Ulla das Zimmer betrat.

Der junge Mann stand auf und machte eine leichte Verbeugung. „Lars Höbel, ich bin beeindruckt, Frau Stein."

Ulla lachte lauthals. „Herzlich willkommen, Herr Kollege. Wie ich sehe, haben Sie einen Koffer dabei. Ich schließe daraus, dass Sie abends nicht nach Koblenz zurückfahren wollen. Haben Sie denn schon eine Unterkunft?"

„Leider nein, ich dachte, man könnte mir hier vielleicht behilflich sein."

„Leider hat eine Pension kürzlich geschlossen. Der Neubau eines Hotels ist zwar in Planung, aber das wird wohl noch einige Jahre dauern und nützt uns im Augenblick herzlich wenig. Ich denke, irgendetwas wird sich schon finden.

Die Touristinformation kann Ihnen da sicher weiterhelfen. Oder warten Sie, wir können es ja mal beim Landgasthaus Hormann probieren. Soweit ich weiß, bieten die auch Einzelzimmer an. Wenn Sie wollen, rufe ich gleich mal dort an."

„Das wäre sehr freundlich."

Ulla hatte Erfolg. Nachdem sie Höbel den Preis genannt hatte und der einverstanden war, vereinbarte sie, dass der Kollege das Zimmer im Laufe des Tages beziehen würde. „Das wäre erledigt. Sie finden den Gasthof Stadtausgang Richtung Alpenrod, gleich hinter dem Kreisel auf der rechten Seite. Vielleicht richten Sie sich zunächst in Ihrem Dienstzimmer ein. Sie haben Glück, das Zimmer eines Kollegen, der schon länger erkrankt ist, steht im Augenblick leer. Ich schlage vor, wir treffen uns danach wieder hier, um den Fall zu besprechen."

Kurze Zeit später kam Ulla zurück.

„Na, was hältst du von dem neuen Kollegen?", fragte Leyendecker.

„Ein Schnittchen ist der schon", erwiderte sie grinsend. „Er macht auch einen sympathischen Eindruck. Ich glaube, dass wir mit dem zurechtkommen."

Kurz darauf betrat Höbel wieder das Zimmer. „Ich wäre dann soweit. Vielleicht wäre es sinnvoll, vorher einiges zu klären. Federführend ist in diesem Fall ja die Mordkommission Koblenz, vertreten in meiner Person. Aber man hat mir nahegelegt, auf den Rat von so erfahrenen Kollegen Wert zu legen, was ich auch genauso sehe. Trotzdem kann es ja sein, dass wir einmal unterschiedlicher Meinung sind. Wie verfahren wir dann?"

Leyendecker lehnte sich zurück. „Dass man unterschiedlicher Meinung ist, stellt aus meiner Sicht kein Problem dar. Ich würde das eher positiv sehen. In einem solchen Fall setzen wir uns zusammen und diskutieren die Sache. Sind wir dann immer noch unterschiedlicher Auffassung, gibt keiner die Richtung vor, sondern jeder behält seinen eigenen Ansatz. Allerdings halten wir uns gegenseitig auf dem Laufenden."

In Ordnung, so machen wir es", bestätigte Höbel. „Ich denke, ich werde mir bei Ihnen einiges abschauen können."

„Fassen wir zusammen", resümierte Leyendecker, nachdem er dem jungen Kollegen die bisherigen Erkenntnisse mitgeteilt hatte. „Es bestehen wohl keine Zweifel, dass es sich um Mord handelt. Der Täter wollte auch nicht den Anschein erwecken, es handele sich um Selbstmord, auch wenn er Herbst auf dem Fahrersitz platziert hat. Aber er wusste, dass bei der Obduktion das Geldstück gefunden würde. Er wollte, dass es gefunden wird. Wir können wohl davon ausgehen, dass es eine gewisse Bedeutung hat, vermutlich auch die Art des Todes, das Verbrennen in exponierter Position. Er will wohl irgendein Zeichen setzen. Aber wem gilt dieses Zeichen, und haben wir weitere solche Zeichen zu erwarten?"

„Wir können allerdings auch nicht ausschließen, dass er uns in die Irre führen und von seinen eigentlichen Beweggründen ablenken wollte", gab Ulla zu bedenken. „Meist steckt ja etwas viel Profaneres, wie etwa Eifersucht oder Geld hinter solchen Taten, und der Täter zündet nur Nebelkerzen."

„Es wäre zu früh, sich auf irgendetwas festzulegen", erklärte Höbel. „Ich habe ein Seminar belegt, Fallanalyse nach Josef Brenner, ich könnte versuchen, so etwas wie ein Täterprofil zu erstellen."

„Der gute alte Brenner", lachte Leyendecker. „Sein Handbuch: *Kann sein – Kann nicht sein*, wollte man uns bereits in der Ausbildung näher bringen, und das ist doch schon einige Jährchen her. Wird der immer noch gelehrt? Aber ernsthaft, ich glaube, dass wir für ein Profil noch zu wenig gesicherte Fakten haben, vielleicht ist das mit dem Obolus und dem Feuer ja wirklich ein Fake."

„Was meinen Sie, wie wir zunächst weiterverfahren sollten?", erkundigte sich Höbel.

„Wir brauchen einfach mehr Informationen. Ich habe unseren Anwärter, Herrn Schneider werden Sie auch noch kennenlernen, beauftragt, uns mehr Hintergrundinformationen zu besorgen. Der junge Mann ist sehr geschickt darin", informierte Leyendecker, „darüber hinaus erwarte ich im Laufe des Tages noch die Witwe. Ich bin neugierig, was die uns zu sagen hat."

Schneider hatte seine Erkenntnisse schriftlich festgehalten. Die Herbstwind GmbH & Co. KG war 1991 gegründet worden. Zu gleichen Teilen brachten Helmut Herbst und Herbert Halfer das Mindestkapital für die GmbH von je 25.000,- DM auf, die als persönlich haftende Gesellschafterin fungiert. Als Kommanditisten zahlten beide jeweils 50.000,- DM. Im Laufe der Jahre erhöhten sie ihren Anteil an der KG mehrfach. 1999 geriet die Firma von Herbert Halfer, eine Stahlmöbelfabrik, die aus der Schmiede seines Vaters entstanden war, in finanzielle Schieflage. Daraufhin kaufte Helmut Herbst ihm die Hälfte seiner Anteile ab. Da Halfer sich der Rettung seiner Firma, für die er persönlich haftete, trotzdem nicht sicher war, wurden die verbliebenen Anteile dem Sohn Michael Halfer übertragen. Die Stahlmöbelfabrik ging trotz der Kapitalspritze 2002 in Konkurs. Im gleichen Jahr starb Herbert Halfer bei einem Autounfall auf der A3. Thomas Herbst erbte später als einziges Kind die Anteile seines Vaters. Kommanditisten der Herbstwind sind also Thomas Herbst zu drei Vierteln und Michael Halfer zu einem Viertel.

Das Geschäftsmodell der Herbstwind ist recht einfach. Die Firma hält kaum eigenes Personal vor. Sie akquiriert lediglich die Standorte für die jeweiligen Anlagen. Mit der Planung und Ausführung werden Fachfirmen beauftragt. An manchen ist die Herbstwind beteiligt. Auch Wartung und Unterhaltung erfolgt durch Fremdfirmen.

Inzwischen ist die Herbstwind Eigentümerin von zahlreichen Windparks, vorwiegend im Mittelgebirgsraum. In den letzten Jahren sind auch einige Solarparks hinzugekommen. Das Nettovermögen der Firma kann allerdings nicht beziffert werden, da man nicht weiß, in welcher Höhe sie Verbindlichkeiten hat. Das wird wohl nur bei der Herbstwind direkt, bzw. deren Steuerberater oder beim Finanzamt zu erfahren sein.

Birgit Herbst war eine schöne Frau, relativ groß mit mittellangen blonden Haaren. Ein ebenmäßiges Gesicht, welches in keiner Weise puppenhaft wirkte, sondern ausdrückte, dass die Frau über Durchsetzungsvermögen verfügte. Dieses Durchsetzungsvermögen zeigte sich auch in dem kühlen Blick aus ihren wasserblauen Augen. Trotz des langen Fluges war bei ihr keine Müdigkeit zu erkennen. Sie hätte sich kurz zu Hause umgezogen, um dann gleich zur Polizei zu kommen, erklärte sie.

Leyendecker beabsichtigte, das Gespräch mit der Witwe um Beisein von Ulla Stein und Lars Höbel zu führen. Eigentlich war sein Zimmer hierfür doch etwas beengt, aber der Raum, in dem üblicherweise die Einsatzbesprechungen abgehalten wurden, war noch ungemütlicher. Außerdem war er sich nicht sicher, ob dort wirklich aufgeräumt war. Also entschied er sich doch für sein Arbeitszimmer und bat Ulla, einen weiteren Stuhl mitzubringen und orderte Kaffee für vier Personen.

Zunächst sprach er Birgit Herbst sein Beileid aus. Danach informierte er sie, dass es sich bei dem Toten um ihren Mann handele, der, das sei wohl eindeutig, einem Verbrechen zum Opfer gefallen sei.

„Haben Sie irgendeine Vorstellung, wer das Ihrem Mann angetan haben könnte?", erkundigte er sich.

„Ich habe die ganze Zeit darüber nachgedacht", erklärte die Witwe, „aber glauben Sie mir, mir ist niemand eingefallen, dem ich so etwas zutraue. Aufgrund der Art und Weise des Todes war es wohl kein gewöhnlicher Mord. Ich glaube, der Mörder hat meinen Mann abgrundtief gehasst. Sonst wäre er doch zu so etwas nicht fähig gewesen. Natürlich wurde Thomas nicht von allen geliebt. Wie Ihnen ja sicher bekannt ist, stößt beispielsweise die Windkraft nicht bei allen auf Zustimmung. Zahlreiche Bürgerinitiativen werden ins Leben gerufen. Meist werden irgendwelche Gründe des Naturschutzes vorgetragen. Ich frage mich, ob mit Atom- oder Kohlekraftwerken dem Umwelt- oder Naturschutz mehr geholfen ist. Hierbei kommt es durchaus zu heftigen Anfeindungen, die auch ins Persönliche gehen. Aber ich kann mir nicht vorstellen, dass jemand so weit gehen würde."

„Konkurrenten vielleicht?", erkundigte sich Höbel.

„Der Konkurrenzkampf wird zwar immer härter", führte Birgit Herbst aus. „Die Margen werden immer niedriger. Aber was hätte ein Konkurrent davon. Die Firma läuft weiter."

„Da sind wir bei der Frage, wem sein Tod nützt", schaltete sich Ulla ein, „er hinterlässt doch sicher ein beträchtliches Erbe. Ich gehe mal davon aus, dass Sie die Erbin sind. Oder liege ich da falsch?"

Birgit Herbst lächelte tatsächlich. „Glauben Sie, da würde das Motiv liegen? Ob man das Erbe als beträchtlich einschätzen kann, will ich mal dahingestellt sein lassen. Da gibt es doch einige Verbindlichkeiten. Aber Sie haben schon recht, die Begünstigte bin vermutlich ich. Nur ich kann es nicht gewesen sein. Ich war doch einige Tausende Kilometer entfernt, was sich ja anhand der Passagierlisten feststellen lässt."

„Schon gut", erklärte Leyendecker, „aber Sie verstehen doch sicher, dass wir alles in Betracht ziehen müssen."

„Natürlich verstehe ich das. Ich kann mir ja auch keinen Reim auf die ganze Sache machen."

„Wie geht es denn jetzt mit der Firma weiter?", erkundigte sich Höbel.

„Da wird sich nicht viel ändern. Schließlich habe ich ja auch mitgearbeitet, und da ist ja noch Michael Halfer. Die Firma gehört ihm zu fünfundzwanzig Prozent."

„Na gut", bemerkte Leyendecker, „dabei wollen wir es zunächst belassen. Lassen Sie sich alles einmal durch den Kopf gehen, und melden Sie sich gegebenenfalls bei uns. Eine Frage hätte ich allerdings noch. Ich habe im Internet gelesen, dass Sie Unternehmensanleihen herausgegeben haben. Was war der Grund?"

„Das sind wohl Geschäftsgeheimnisse", bemerkte Birgit Herbst, „aber ich will Ihnen trotzdem antworten. Obwohl soviel Geld auf dem Markt ist, halten sich die Banken doch sehr zurück. Mein Mann wollte weiter wachsen. Ich habe das etwas anders gesehen. Sehen Sie, wenn ein Solarpark aufgrund der gesenkten Förderung nach Abzug der Kosten gerade mal zwei Prozent Rendite erzielt, ist es schlichtweg unwirtschaftlich, ihn mit fünf Prozent zu finanzieren. Bei den Windkraftanlagen sieht es ähnlich aus. Gefördert werden Offshoreanlagen, die weitaus teurer sind als Anlagen an Land, und dann schafft man den Strom mit immensen Kosten von Nord nach Süd. Gerade kürzlich wurden die Gewinnmargen durch die Bundesregierung weiter heruntergefahren. Wie ich sagte, das Geschäft ist hart. Eigentlich verdienen nur die Eigentümer der Grundstücke, auf denen die Anlagen stehen, und die wirklich guten Standorte werden blockiert, denken Sie nur an den Stegskopf. Das wäre ein durchaus guter Standort gewesen. Aber Sie haben ja sicher in der Zeitung gelesen, warum das gescheitert ist. Darüber kann man denken, wie man will. Die

Unterkunft für die Asylbewerber, die inzwischen ja wieder geschlossen ist, hätte bei der Erschließung des Stegskopfs keine Rolle gespielt. Außerdem hätte man durchaus einen Kompromiss schließen können. Eine Teilerschließung wäre den Umweltschützern und der Energiewirtschaft entgegen gekommen. Vielleicht sehe ich das naturgemäß auch etwas einseitig."

Leyendecker bedankte sich bei Birgit Herbst für ihr Kommen. „Wir werden uns sicher noch bei Ihnen melden."

Birgit Herbst erhob sich. An der Tür schaute sie noch einmal zurück. „Was denken Sie, wann wird man den Körper meines Mannes wohl freigeben."

„Soweit mir bekannt ist, ist die Obduktion weitgehend abgeschlossen, sodass in den nächsten Tagen damit zu rechnen ist", versprach Leyendecker.

„Was haltet ihr von der Witwe?", erkundigte sich Leyendecker.

„Eine hübsche, aber auch resolute Frau, der man so leicht nichts vormachen kann", urteilte Höbel. „Aber ihre Trauer schien sich doch in Grenzen zu halten."

„Das kann täuschen", bemerkte Leyendecker. „Aber vielleicht hat sie auch Kenntnis von den Eskapaden ihres Mannes. Das könnte die Trauer durchaus einschränken. Da fällt mir ein, war dieser Kleber nun bei der Nachtschicht oder nicht?"

„Ich habe mit meiner Freundin gesprochen", antwortete Ulla, „er war da, scheidet also als Tatverdächtiger aus. Schade, es wäre so schön gewesen."

„Ich nehme mal an, es gibt noch mehr gehörnte Ehemänner. Wir sollten das Privatleben des Herrn Herbst doch einmal genauer unter die Lupe nehmen. Karlchen weiß doch immer, was bei uns so vor sich geht. Aber den lassen wir erst einmal ausschlafen."

Da Lars Höbel wohl noch einige Tage in Hachenburg verbringen würde, wollte er sich das kleine Westerwaldstädtchen doch einmal näher ansehen. Er hatte am späten Nachmittag sein Zimmer im Landgasthof Hormann bezogen und seinen Skoda auf dem Hotelparkplatz stehen gelassen. Er ging die steile Borngasse hoch. Danach bog er links ab und befand sich auch gleich im historischen Ortskern. Rechts lag das Barockschloss, in dem sich heute die Fachhochschule der Deutschen Bundesbank befindet. Er hatte die Wahl. Er konnte sich rechts halten und über den Schlossberg gehen, aber er bevorzugte die Friedrichstraße mit zahlreichen historischen Fachwerkhäusern. So oder so hätte ihn sein Weg auf den Alten Markt geführt. Der historische Marktplatz war in weiten Teilen noch mit Fachwerkhäusern aus dem 17. und 18. Jahrhundert eingefasst. Die auffallendsten Gebäude waren natürlich die beiden Kirchen.

Es war Samstagabend. Trotz der relativ niedrigen Temperaturen waren die Plätze vor den Gaststätten recht gut belegt. Allerdings hatten die meisten Gäste eine Jacke oder Weste an. Höbel hatte zu Mittag lediglich einen Erbseneintopf gegessen. Er hatte vor, im Laufe des Abends irgendwo einzukehren, um etwas zu essen, aber das hatte noch Zeit. Also ging er über den Marktplatz durch die Wilhelmstraße, an deren Ende ein Schild auf ein Landschaftsmuseum hinwies, das er wenig später dann in einem großzügigen Park gelegen fand. Er nahm sich vor, die Fachwerkgebäude in den nächsten Tagen einmal eingehend zu besichtigen. Aber nun spürte er doch etwas Hunger und entschloss sich, zurück in die Innenstadt zu gehen. Gleich, nachdem er den Park verlassen hatte und am Kaiser-Wilhelm-Denkmal und dem danebenstehenden Reichsadler vorbei gegangen war, entschied er kurzerhand, in dem gegenüberliegenden Gasthaus zur Sonne einzukehren. Er fand einen Platz rechts in der Ecke an der großen Theke. Anscheinend hatten doch viele die gleiche Idee wie er gehabt, denn der Gastraum füllte sich mehr und mehr.

Als er das erste Bier geleert hatte, orderte er ein neues und ein Schnitzel mit Fritten. Bereits als er gekommen war, hatte eine Gruppe älterer Männer an der Theke gesessen. Offenbar Stammgäste, die Bier und Schnaps anscheinend schon recht intensiv zugesprochen hatten. Wie es schien, redeten die über den verstorbenen Herbst. Satzfetzen wie: „… jede, die nicht bei drei auf dem Baum war", oder: „… hat immer auf großem Fuß gelebt", drangen zu ihm herüber.

Ein Mann mit eingefallenen Wangen, Vollglatze und wilden Augen rief gestikulierend: „Ich sage euch, der Herbst war nicht der Letzte! Sie sind alle gezeichnet! Jetzt sind es schon drei! Das Feuer wird sie alle holen, jeden Einzelnen von Ihnen! Der Herr sei ihren Seelen gnädig!" Offenbar war diese Anstrengung für den Mann doch zu viel, denn sein Kopf sank erschöpft auf die Theke. Er schien, eingeschlafen zu sein.

„Was hat der gemeint", fragte Höbel seinen Thekennachbarn.

„Alles Quatsch", erwiderte der. „Wenn der Karl zu viel getrunken hat, fühlt er sich als großer Seher. Das Einzige, was der sieht, ist, woher er sein nächstes Bier bekommt. Wir haben uns alle an seine Sprüche gewöhnt. Da ist nun wirklich nichts dran."

Höbel versuchte noch, diesen Karl direkt anzusprechen, indem er ihm auf die Schulter tippte und fragte: „Wie haben Sie das gemeint? Wer ist wie gezeichnet?"

Doch der Mann schaute ihn nur fragend an. „Wovon reden Sie? Was wollen Sie von mir? Lassen Sie mich doch in Ruhe!"

Wenig später gingen die Männer dann auch. Nachdem sie ihm aufgeholfen hatten, hakten zwei Karl unter, der noch etwas Unverständliches vor sich hinmurmelte. Stattdessen nahm eine Gruppe junger Leute ihren Platz ein. Höbel lernte zwei hübsche junge Frauen kennen, und es wurde noch ein ganz schöner Abend. Das Zimmer im Landgasthof Hormann hätte er an diesem Abend nicht unbedingt gebraucht.

Kapitel 4

Lars Höbel war zwar evangelisch getauft, hatte jedoch schon lange keine Kirche mehr von innen gesehen. Nun war er von der Zeremonie einer katholischen Messe doch recht angetan. Die hatte so etwas Prunkvolles, was er in dieser Form nicht kannte. Bei den Evangelischen war das alles doch viel schlichter und sachlicher.

Seit dem Mord an Herbst waren einige Tage vergangen. Er hatte auch diesen mächtigen Streifenbeamten Karl Berger kennengelernt, den Leyendecker nach möglichen Techtelmechteln Herbsts gefragt hatte. Aber Berger hatte sich nicht festgelegt. Er sei kein Waschweib und wolle keine unbewiesenen Gerüchte verbreiten. Zu leicht würde davon etwas hängen bleiben.

Ansonsten hatten sie wenig Fortschritte gemacht. Zwar hatten sich einige fragwürdige Zeugen gemeldet, darunter auch zwei Angetrunkene, die Leyendecker als die Landplagen Siggi und Fred bezeichnete, aber sie waren einhellig der Meinung, dass alle Zeugen sich mehr oder weniger wichtig machen wollten, und deren Aussagen keinerlei substanzielle Informationen enthielten.

Nach erfolgter Obduktion war die Leiche Herbsts freigegeben worden. Ulla Stein und Christoph Leyendecker hatten nicht so recht Interesse gezeigt, an der Bestattung teilzunehmen.

Sie seien in letzter Zeit bei so vielen Beerdigungen gewesen. Höbel war jedoch der Auffassung, dass man bei solchen Anlässen durchaus interessante Informationen erlangen könne. Er hätte es zwar besser gefunden, wenn Stein oder Leyendecker ihn begleitet hätten, denn schließlich kannten sie ja immerhin wenigstens einige der beteiligten Personen, aber Leyendecker hatte sich herausgeredet, Höbel sei da unvoreingenommener. Nun saß er in einer der hinteren Bänke von Maria Himmelfahrt, der katholischen Kirche aus dem 18. Jahrhundert.

An der Messe nahmen etwa achtzig Personen teil. In der vorderen Bank saß Birgit Herbst. Sie war durchaus ein Blickfang, denn das anthrazitfarbene Kostüm stand ihr ausgezeichnet. Wie es schien, gab es keine weiteren nahen Angehörigen, denn die erste Reihe war ansonsten unbesetzt. Man sah zwar allenthalben ernste Gesichter, aber wirkliche Trauer konnte man nicht ausmachen. Vermutlich waren der größte Teil Beschäftigte der Herbstwind, die außer dem Beschäftigungsverhältnis nichts weiter mit dem Toten verband.

Die Zeremonie wurde von einem Geistlichen im Habit der Zisterziensermönche durchgeführt. Sicher gehörte der zur nur wenige Kilometer entfernten Abtei Marienstatt, von der Höbel bereits gehört hatte.

Nach Abschluss des Gottesdienstes erreichten sie nach kurzer Zeit durch die engen Gassen der

Hachenburger Altstadt den Friedhof, wo der Sarg Herbsts in der Leichenhalle aufgebahrt war. Hier warteten noch weitere Trauergäste, die nicht an der Messe teilgenommen hatten. Höbel suchte sich einen Platz in einer der hinteren Reihen.

Der Pater hielt eine kurze Ansprache, mit der er die Leistungen des Verstorbenen würdigte. Dann sang und spielte ein Musiker Eric Claptons Tears in Heaven.

Danach ergriff der Geistliche erneut das Wort: „Der beste Freund des Verstorbenen, Herr Michael Halfer, möchte noch ein paar Worte an die Trauergemeinde richten."

Zunächst tat sich nichts. Diejenigen, die ziemlich weit vorne standen, schauten sich fragend um. Dann folgte erstauntes Gemurmel, bis der Mönch erneut zum Mikrofon griff. „Wie es scheint, ist Herr Halfer verhindert. Wir geben daher dem Toten jetzt das letzte Geleit." Auf sein Zeichen hoben die Träger den Sarg hoch und trugen ihn zu dem ausgehobenen Grab.

Höbel reihte sich nicht in die Reihe derjenigen ein, die der Witwe kondolieren wollten, sondern begab sich sofort zur Dienststelle, um dort von dem seltsamen Geschehen zu berichten.

„Eigenartig ist das schon", fand Ulla. „Vielleicht hatte er einen Unfall oder plötzlichen Schwächeanfall, oder er war anderweitig verhindert, aber dass niemand dem Pater bescheidgesagt hat, war schon seltsam. Wie muss das der Witwe vorgekommen sein?"

„Die schien das alles gefasst hinzunehmen, soweit ich das sehen konnte", erklärte Höbel, „aber brüskiert hat das sie sicher."

„Wir werden schon noch erfahren, was da los war", stellte Leyendecker fest.

„Ich weiß, dass Sie keine Fahndung nach einem Erwachsenen einleiten können, der gerade mal vierundzwanzig Stunden verschwunden ist", erklärte Birgit Herbst, als sie Leyendecker gegenübersaß, „aber ich glaube, in diesem Fall kann man die allgemeinen Polizeiregeln nicht anwenden. Michael Halfer ist verschwunden, und da ist es doch gut möglich, dass das Verbrechen an meinem Mann und Michaels Verschwinden in irgendeiner Form zusammenhängen."

„Unser Koblenzer Kollege hat so etwas berichtet", antwortete Leyendecker. „Er war bei der Beerdigung dabei. Hat sich Herr Halfer immer noch nicht gemeldet?"

„Nein, ich habe auch mehrfach versucht, ihn zu erreichen. Immer ist nur die Mailbox dran. Es war ja ohnehin höchst erstaunlich, dass er nicht bei der Bestattung war, zumal er vorher angekündigt hat, dass er ein paar Worte sprechen würde. Freiwillig ist er sicher nicht ferngeblieben. Das ist alles ein Rätsel. Die einzige plausible Erklärung ist, dass ihm etwas zugestoßen ist."

„Haben Sie sich im Krankenhaus erkundigt? Da Sie keine Angehörige sind, hätte man sich vermutlich nicht an Sie gewandt. Gibt es Angehörige?"

„Nicht dass ich wüsste. Er ist alleinstehend, seine Eltern sind beide tot."

Leyendecker griff zum Telefonhörer, aber im Krankenhaus war weder ein Michael Halfer noch ein Unbekannter, auf den dessen Beschreibung passte, eingeliefert worden. „Waren Sie in seiner Wohnung?"

„Ich hatte einen Kollegen dorthin geschickt. Der hat weder auf sein Klingeln unten noch auf Klopfen an der Wohnungstür eine Reaktion erhalten."

„Einen Wohnungsschlüssel haben Sie nicht?"

Birgit Herbst verneinte. „Es gibt dort einen Hausmeister, vielleicht sollte ich mal mit dem reden."

„Lassen Sie uns das machen", schlug Leyendecker vor. „Wann hatten Sie denn zuletzt Kontakt mit Halfer?"

„Persönlich vorgestern Abend, er war noch bei mir im Haus. Dann haben wir gestern Vormittag noch kurz miteinander telefoniert. Da schien noch alles in Ordnung zu sein."

„Ich gebe Ihnen recht. Das ist alles sehr mysteriös. Sie brauchen keine Vermisstenanzeige aufzugeben, wir haben ohnehin ein Interesse, der Sache nachzugehen. Wo ist denn seine Wohnung?"

„Er hat eine Eigentumswohnung am Nisterpfad. In einem der beiden neu gebauten Häuser.

Wenn man davor steht in dem rechten Block. Die Wohnung ist im ersten Stock."

Leyendecker informierte Ulla und Höbel, als die junge Witwe gegangen war. „Versucht den Hausmeister zu erreichen, und seht euch mal in der Wohnung um", bat er.

Der Hausmeister war ein kleiner, gedrungener Mann mit Stirnglatze. Er erwartete sie beim Eingang. „Ich habe einen Generalschlüssel. Wenn Sie mir bitte folgen würden." Er stapfte vor ihnen die Treppe hoch und hielt vor einer Wohnungstür inne. „Hier ist es, aber ich weiß nicht, ob ich Sie so ohne Weiteres hereinlassen kann. Haben Sie einen Durchsuchungsbeschluss?"

„Den brauchen wir nicht", erklärte Höbel. „Und selbst wenn, ginge das auf unsere Verantwortung."

„Der Mann brummelte: „Aber ich habe nachher den Ärger", schloss aber trotzdem auf.

„Danke", sagte Ulla, als er vor ihnen in die Wohnung gehen wollte. „Wir melden uns dann, wenn wir noch etwas brauchen."

Das schien ihm überhaupt nicht zu passen. Schließlich zog er aber murrend davon.

Nachdem sie sich Handschuhe und Überzieher für die Schuhe angezogen hatten, schob Ulla die Tür einen Spalt auf. „Hallo, Herr Halfer, sind Sie zu Hause, wir sind von der Polizei!", rief sie.

Es war nichts zu hören, also betraten sie vorsichtig die Wohnung. Von dem Flur gingen fünf

Türen ab. Drei davon waren geöffnet. Ulla blickte in eine Designerküche mit weißen Hochglanzmöbeln und modernen Edelstahlgeräten. Auf dem Küchentisch stand eine benutzte Kaffeetasse. Im Wohnzimmer mit modernen Regalen, einem Mix aus poliertem Kirschbaum und Edelstahl, einer Wohnlandschaft aus bordeauxrotem Leder und einem überdimensionalen Flachbildschirm, fanden sie auf dem Wohnzimmertisch ein Handy und einen Laptop vor. Das große Bett im Schlafzimmer war ordentlich gemacht. Die beiden anderen Türen führten ins Badezimmer und einen kleineren Büroraum, in dem zahlreiche Aktenordner in Regalen standen. Der Bewohner war verschwunden. Nichts deutete auf einen Kampf hin, oder man hatte nachher ordentlich aufgeräumt.

„Handy und Laptop nehmen wir mit. Ansonsten soll sich die Spurensicherung hier mal umsehen", schlug Ulla vor.

Anschließend riefen sie den Hausmeister und ließen ihn die Wohnung abschließen, die sie dann versiegelten, wobei sie ihm einschärften, dass niemand sie betreten dürfe.

„Konntet ihr irgendetwas Auffälliges feststellen?", fragte Leyendecker.

„Es sieht nicht so aus, als habe dort ein Kampf oder Ähnliches stattgefunden", erwiderte Höbel. „Die ganze Angelegenheit ist äußerst dubios."

„Sein Handy lag da", teilte Ulla mit. „Heutzutage geht doch niemand mehr aus dem Haus, ohne sein Handy mitzunehmen."

„Dann können wir eine Ortung gleich vergessen", erklärte Leyendecker. „Aufgrund der geringen Sendemastdichte wäre die ohnehin wenig Erfolg versprechend. Sein Verschwinden kann eine ganz einfache Erklärung haben, aber ich glaube nicht daran. Es müsste mit dem Teufel zugehen, wenn die beiden Fälle nicht zusammenhingen. Vielleicht hat er ja auch etwas mit Herbsts Tod zu tun und hat sich aus dem Staub gemacht. Wie dem auch sei. Wir schreiben ihn zur Fahndung aus. Außerdem müssen wir Zugriff auf seine Konto- und Kreditkartenbewegungen haben."

„Ich werde mich gleich darum kümmern", versicherte Höbel.

„Sonst noch etwas?", erkundigte sich Ulla.

„Die übliche Routine", erwiderte Leyendecker. „Zeugenbefragungen. Hat jemand aus der Nachbarschaft etwas mitbekommen? Mehr können wir im Moment nicht tun."

Engelbert Kuhl hatte mehr als fünfundvierzig Jahre Beiträge in die Rentenversicherung einbezahlt. Er war wenige Monate nach seinem dreiundsechzigsten Geburtstag abschlagsfrei in Rente gegangen. Bereits vorher hatte er intensiv Sport betrieben, das aber nun noch gesteigert. Fast jedes Wochenende war er bei einer anderen

Laufveranstaltung. Er hatte sich fest vorgenommen, jedes Jahr mindestens fünf Marathons zu absolvieren. Entsprechend hoch war sein Trainingspensum. Ein idealer Begleiter war Carlos, ein Galgo, einer jener spanischen Windhunde, die ursprünglich hauptsächlich zur Hasenjagd verwendet wurden. Seine Frau hatte sich zunächst dagegen gewehrt, einen so großen Hund anzuschaffen, aber Carlos hatte sie mit seinem ruhigen und freundlichen Wesen und seinen großen braunen Augen sehr schnell um den Finger gewickelt. Engelbert Kuhl hatte den Hund beim Tierschutz besorgt, und bereits nach drei Tagen hatte der einen festen Platz auf dem heimischen Sofa. Im Haus machte der Hund sich kaum bemerkbar, brauchte aber natürlich seine tägliche Bewegung, was Kuhls Interessen durchaus entgegenkam. So drehten die beiden morgens und abends eine ausgiebige Runde. An diesem Morgen liefen sie wieder einmal die lange Schneise, die von der B 413 in Höhe des Hatterter Ortsteils Hütte über Gehlert bis nach Alpenrod führt. Man hatte Kuhl erzählt, dass diese Hunde einen ausgeprägten Jagdtrieb hätten. Deshalb hatte er Carlos zunächst an einer langen Schleppleine geführt, aber es hatte sich bald herausgestellt, dass dies bei diesem Hund nicht notwendig war, denn der entfernte sich kaum weiter als dreißig Meter von seinem Herrchen. Sie hatten gerade die L 292, die von Hachenburg nach Steinebach führt, überquert, als der Hund abbremste und winselnd in Richtung des Gedenksteins schaute, der dort für einen verunglückten Waldarbeiter errichtet wurde.

„Komm Carlos, weiter!", rief Kuhl dem Hund aufmunternd zu. „Wir haben noch ein ganzes Stück Weg vor uns."

Doch diesmal gehorchte der Hund nicht sondern tänzelte aufgeregt von einem Bein aufs andere, sodass Kuhl sich veranlasst sah umzukehren. „Was hast du denn?", fragte er, während er den Hund anleinte. „Komm, wir sehen mal nach, was da los ist."

Er ging einige Schritte auf das Denkmal zu. Dann sah er einen etwa fünfzigjährigen Mann in einem dunklen Anzug, der auf dem Boden saß und an das Denkmal gelehnt war. „Hallo, geht es Ihnen nicht gut? Kann ich ihnen helfen?", fragte er, erhielt aber keine Antwort.

Den Hund an der kurzen Leine führend, trat er näher. Er brauchte keinen Puls zu fühlen. Es war offensichtlich, dass der Mann tot war.

Kuhl führte immer ein Handy mit sich. Wie leicht konnte man stürzen und sich dabei verletzen, dann war es immer gut, wenn man Hilfe rufen konnte. Er rief die 110 an.

Als Ulla die Mitteilung erhielt, dass man eine männliche Leiche gefunden hatte, ging sie davon aus, dass es sich dabei um Michael Halfer handeln würde. Umso erstaunter war sie, dass sie hier einen anderen Mann vorfanden. Er war in etwa genauso alt, aber es war ein Fremder. „Es ist nicht wie erwartet Halfer", sagte sie zu Höbel. „Keine Ahnung, mit wem wir es hier zu tun haben und wie der hierherkommt."

„Seltsame Aufmachung", bemerkte Höbel. „Mitten im Sommer trägt er einen dunklen Anzug. Als wollte er zu einer Feier, oder noch wahrscheinlicher, zu einer Beerdigung."

„Irgendjemand muss den Mann doch vermissen", stellte Ulla fest. „Uns liegt aber keine Meldung vor, dass nach so jemand gesucht wird."

„Vielleicht war er ja verwirrt und ist davongelaufen."

„Trotzdem muss ihn doch jemand vermissen. Wenn ich mir den Mann so besehe, bin ich der Überzeugung, dass er schon länger tot ist. Und besehen Sie sich seine Füße. Er hat keine Schuhe an."

„Richtig", bestätigte er, „das ist schon auffallend. Es gibt zwei Möglichkeiten. Entweder jemand hat die Schuhe mitgenommen, oder er hatte keine an."

„Wenn er keine anhatte, ist er nicht selbst hergelaufen. Dann würden seine Füße anders aussehen. Es ist doch wahrscheinlicher, dass jemand schon vorher den Toten gefunden hat und seine Schuhe gebrauchen konnte. Heutzutage gibt es nichts, was es nichts gibt."

„Möglicherweise war er aber auch schon tot und wurde ohne Schuhe hier abgelegt. Es scheint auf den ersten Blick, dass er eines natürlichen

Todes gestorben ist. Außer den Verletzungen, die ihm vermutlich Vögel zugefügt haben, sind keine weiteren Wunden ersichtlich."

„Trotzdem muss er untersucht werden. Und vor allen Dingen müssen wir wissen, um wen es sich denn hier handelt. Es ist noch früh. Sein Bild könnte morgen früh schon in der Zeitung erscheinen. Hoffen wir, dass jemand ihn erkennt. Vielleicht sehen wir dann klarer."

Höbel gingen die Bemerkungen des betrunkenen Alten, die dieser am Samstag im Gasthaus zur Sonne gemacht hatte, nicht aus dem Sinn. Was bedeutete, dass alle gezeichnet seien, und dass Herbst bereits der Dritte sei? Eigentlich hätte er das alles als dummes Geschwätz, was es vermutlich auch war, abtun sollen. Aber irgendwie ließ es ihn nicht los. Wenn also Herbst der Dritte war, mussten bereits vorher zwei andere durch Feuer umgekommen sein. Er versuchte, Ähnlichkeiten zu Herbsts Fall in der Vergangenheit zu finden. Zunächst beschränkte er sich auf das vergangene Jahr. Der Computer zeigte ihm eine Vielzahl von Fällen, bei denen es Tote durch Brände gegeben hatte. Versuchsweise gab er noch Obolus oder Euromünze ein, erhielt aber keine Treffer. Er versuchte es noch mit Brandbeschleuniger, was die Anzahl auf etwa dreißig einschränkte. Alle diese Fälle waren aufgeklärt, oder es gab ein dringend der Tat Verdächtigen. Nun hatte er die Wahl: Befasste er sich mit diesen Fällen eingehender oder erweiterte er die Suche auf weitere Jahre. Er entschied sich für Ersteres und begann, sich diesen Fällen intensiver zu widmen. Das würde ohnehin eine gewisse Zeit in Anspruch nehmen, denn er wusste ja nicht, wonach er suchen sollte. Wo eine Verbindung zu Herbsts Tod bestehen könnte.

Bernhard Hastrich verstand die Welt nicht mehr. Wenn er ein Prominenter und nicht ein ganz normaler Bürger gewesen wäre, hätte er sich nach der versteckten Kamera umgesehen. Aber da war keine Kamera. Er war allein. Er wusste auch niemand, der ihm sonst diesen Streich hätte spielen sollen. Wer hatte schon die Möglichkeit, einen solchen Artikel in der Zeitung zu lancieren? Da saß dieser Mann im Anzug an diesen Gedenkstein gelehnt und Hastrich war sich sicher, dass der vor wenigen Tagen ins Krematorium gefahren wurde. Morgen sollte die Urne bestattet werden. Dann konnte man ihn doch nicht gestern dort gefunden hatte. Irgendwas stank hier zum Himmel. Wenn das stimmte, konnte das seinem Ruf erheblich schaden. Die Zeiten für Bestatter waren ohnehin hart, da einige Billiganbieter die Preise drückten. Das Telefon klingelte. Er wagte nicht, das Gespräch anzunehmen, sondern packte die Urne unter den Arm und fuhr zur Polizeiinspektion.

Die Pforte meldete Ulla einen aufgeregten Mann mit einer Urne unter dem Arm, was ja nun nicht gerade alltäglich war. Also bat sie, ihn gleich zu ihr zu schicken.

Kurz darauf erschien der Mann bei Ulla. Er schwitzte vor Aufregung. Verwirrt stellte er die Urne auf den Schreibtisch der schönen Hauptkommissarin. „Was ist das für eine Farce?", stammelte er. „Der Mann, den Sie angeblich gestern aufgefunden haben, befindet sich hier drinnen."

„Nehmen Sie erst einmal Platz", sagte Ulla, während sie auf einen der Besucherstühle deutete. „Ich vermute mal, Sie sind der Bestatter. Wie sollten Sie sonst zu der Urne kommen. Wir hatten schon einige Anrufe, die den Toten wiedererkannt haben. Wir hätten uns ohnehin mit Ihnen in Verbindung gesetzt. Wir haben versucht, Sie anzurufen, aber anscheinend waren Sie nicht erreichbar. Ihnen ist also die Leiche abhandengekommen?"

„Ich verwahre mich gegen diese Behauptung. Irgendwas stimmt hier nicht. Das Bild in der Zeitung zeigt Marko Hutsch, dessen Angehörige mich mit der Einäscherung und anschließender Beisetzung beauftragt haben. Mein Mitarbeiter hat ihn zum Krematorium gebracht. Glauben Sie ernsthaft, der holt da so einfach jemand aus dem Sarg und setzt den da hin? Was sollte der für ein Interesse daran haben? Aus dem Sarg kann den auch sonst keiner genommen haben. Das wäre spätestens bei der zweiten Leichenschau aufgefallen."

„Nun beruhigen Sie sich doch erst einmal", beschwichtigte Ulla. „Fakt ist, dass Marko Hutsch nicht eingeäschert wurde, sonst hätte man ihn ja nicht dort gefunden. Wer da verbrannt wurde, muss sich erst noch herausstellen. Ihr Mitarbeiter, ist der zuverlässig?"

„Absolut", erklärte Hastrich kategorisch, „für den lege ich meine Hand ins Feuer."

Ulla fand die Redewendung in diesem Zusammenhang nicht gerade passend. „Wie dem auch sei, wir werden mit ihm reden müssen. Am besten, Sie rufen ihn an und bestellen ihn gleich hierher."

Kurz darauf betrat ein Mann mit Latzhose das Zimmer. Neben seinem voluminösen Bauch fiel sein hochrotes Gesicht auf.

„Du hast dir einen Leichnam klauen lassen!", fuhr Hastrich ihn an. „So blöd kannst auch nur du sein! Vermutlich musstest du wieder bei diesem Autohof halten, der angeblich diese ausgezeichneten Haxen hat!"

Der rote Farbton des Gesichts war inzwischen einige Nuancen tiefer geworden. „Wovon redest du? Wer soll geklaut worden sein? Wer sollte denn eine Leiche klauen?", blaffte er zurück. „Wenn du mir so kommst, kannst du dir deinen Scheiß in Zukunft selber machen. Für den Hungerlohn wird sich ja wohl nicht noch einmal ein Dummer finden. Du zahlst ja gerade mal den

Mindestlohn. Von Nacht- oder Feiertagszuschlägen gar nicht zu reden."

„Das wäre nicht das erste Mal, dass Tote verschwinden. Letztes Jahr hat man doch in Polen gleich mehrere Leichen geklaut."

„Das war in Polen, und da hat man nicht die Leichen geklaut, sondern den Transporter. Die Leichen waren sozusagen Ballast, den man kurzerhand entsorgt hat. Also, was hat man mir angeblich geklaut? Den Leichenwagen oder eine Leiche?"

Hastrich hielt dem Mann die Zeitung vor das Gesicht. „Sieh dir den an! Was sagst du denn dazu?"

„Der kommt mir tatsächlich bekannt vor", erklärte der Mann mit der Latzhose.

„Natürlich kommt der dir bekannt vor! Das ist Marko Hutsch!", ereiferte sich Hastrich. „Den haben wir zusammen eingesargt, und du solltest ihn zum Krematorium fahren."

„Nichts anderes habe ich gemacht, und auf deine Frage zurückzukommen, ich war tatsächlich eine Haxe essen, aber da war ich auf dem Rückweg."

„Wie kann man ihn denn bei dem Denkmal finden?"

„Frag mich nicht! Das musst du mir erklären!"

Ulla hatte den Disput der beiden amüsiert zugehört, ergriff nun aber das Wort. „Wenn das stimmt, was Sie hier berichten, lässt das doch nur eine Erklärung zu. Man hat den Leichnam ausgetauscht. Fragt sich nur warum, und wer wurde stattdessen verbrannt. Erzählen Sie genau, was an dem Tag geschehen ist."

Hastrich atmete dreimal tief durch. „Das war so. Wir hatten vier Tote, die wir eingesargt haben. Danach haben wir Herbsts Sarg zur Leichenhalle gefahren und alles so weit hergerichtet, dass am nächsten Tag nur noch der Blumenschmuck und die Kränze platziert werden mussten. Dann sind wir zurückgefahren und haben den Transport für den nächsten Tag vorbereitet, indem wir den Sarg schon in den Leichenwagen geladen haben. Es musste alles zügig gehen."

„Wo stand der Leichenwagen?", erkundigte sich Ulla.

„Wo er immer steht. In der Garage bei meiner Firma."

„Und die war abgeschlossen? Gibt es besondere Vorsichtsmaßnahmen? Haben Sie eine Alarmanlage?"

„Wie immer war die abgeschlossen, aber sonstige Vorsichtsmaßnahmen gibt es nicht. Wie gesagt, wer klaut schon eine Leiche."

„Sonst haben Sie nichts gemerkt?"

„Wie denn, der Wagen stand bei der Firma, und ich war zu Hause."

„Das war's zunächst", erklärte Ulla. „Ich schicke Ihnen ein paar Leute, die die Garage auf Einbruchspuren untersuchen. Sie können dann gehen."

Hastrich erhob sich und griff nach der Urne.

„Was haben Sie damit vor?", erkundigte sich Ulla.

„Die muss doch beigesetzt werden", erwiderte er.

„Unter welchem Namen?", fragte Ulla nach. „Marko Hutsch ist das wohl nicht."

Hastrich zögerte einen Moment. Dann griff er sich an den Kopf. „Wie blöd von mir." Er stellte die Urne zurück auf den Schreibtisch. „Die können Sie behalten."

Dann verließen beide das Zimmer. Ulla hörte sie auf dem Flur weiter streiten. Sie schaute die Urne an. Was sollte sie damit anfangen? Die DNS des Toten war wohl kaum in der Asche feststellbar. Die hatten die heißen Flammen des Krematoriums sicher komplett vernichtet. Die Fingerabdrücke an der Urne waren auch wertlos, denn die konnten ja nicht von demjenigen stammen, der Hutschs Leiche aus dem Sarg genommen und dafür eine andere hineingetan hatte, denn leer war der Sarg nicht gewesen.

Zusammen mit Höbel suchten sie Leyendeckers Büro auf, um dem mitzuteilen, dass die Herkunft der Leiche vom Gedenkstein aufgeklärt sei.

„Große Mühe, die Leiche zu verbergen, hat man sich ja nicht gemacht", stellte Leyendecker fest.

„Ich denke, das war auch nicht nötig", merkte Höbel an. „Um den diesen Toten geht es hier nicht. Es geht um den, der in dem Sarg war. Nachdem der verbrannt war, konnte Hutschs Leiche ruhig entdeckt werden. Ich nehme sogar an, dass sie erst dann an der Fundstelle deponiert wurde, nachdem das Feuer seine Arbeit getan hatte."

„Vermutlich werden wir nie erfahren, wer da verbrannt wurde."

„Wir haben es in der letzten Zeit etwas viel mit Feuer zu tun. Zufall ist das wohl nicht", bemerkte Leyendecker.

„Ich glaube ja, dass das irgendwie alles zusammenhängt. Ich war da neulich in dem Gasthaus zur Sonne. Da hat irgend so ein Verrückter erzählt, dass sie alle vom Feuer gezeichnet wären, und dass Herbst der Dritte sei", berichtete Höbel.

„Dann wäre in dem Sarg also die mögliche Nummer Vier gewesen", sagte Leyendecker. „Auf dieser Erde laufen ja nun eine ganze Menge Spinner herum. Wie glaubhaft war der Mann denn?"

„Seine Begleiter haben erzählt, dass der immer einen solchen Stuss redet, wenn er betrunken ist."

„Wie sah der denn aus?"

„Deutlich über siebzig, eingefallene Wangen, Vollglatze. Ich glaube, sie nannten ihn Karl."

„Karlchen ist im Dienst", erklärte Leyendecker „Der kennt doch jeden. Ich funke den gleich mal an. Hallo Karlchen. Ein alter Mann, eingefallene Wangen, Vollglatze, er könnte Karl heißen. Sagt dir das irgendwas?"

„Du wirst ja sicher nicht mich meinen, schließlich heiße ich ja auch Karl", lachte Berger. „Aber deine Beschreibung passt auf Karl Klein, besser bekannt als Orakel-Karl."

„Was ist von dem zu halten?", erkundigte sich Leyendecker.

„Wenn der nüchtern ist, bekommst du kein Wort aus dem heraus. Wenn der allerdings genug getrunken hat, gibt er die seltsamsten Weissagungen von sich, an die er sich am nächsten Morgen nicht mehr erinnern kann. Eingetroffen ist von dem Prophezeiten bisher nichts. Das ist alles nur hohles Gewäsch. Das kannst du sofort wieder vergessen."

„Wie verfahren wir nun weiter?", fragte Leyendecker, nachdem er das Gespräch mit Berger beendet hatte.

„Vielleicht sollte ich noch mal mit dem Mann reden", schlug Höbel vor.

„Versuchen Sie es, obwohl ich mir davon nichts verspreche, Sie haben ja Berger gehört. Der kennt seine Pappenheimer."

„Ich denke, wir schicken die Urne zur KTU", erklärte Ulla, „auch wenn die vermutlich nichts finden werden, aber wir sollten nichts unversucht lassen."

„Da stimme ich dir zu", pflichtete Leyendecker ihr bei. „Es könnte gut sein, dass es sich um die Asche von Michael Halfer handelt, jemand anderes ist ja nicht verschwunden, aber das werden wir vermutlich nie erfahren. Ich glaube, jemand spielt hier ein schlimmes Spiel mit uns, und wir müssen dem tatenlos zusehen."

Karl Klein wohnte in einem kleinen alten Haus in der Judengasse. Höbel hatte erst versucht, einen Parkplatz vor dem Vogtshof zu finden. Aber nachdem er diesen durch die engen Gassen, die auch noch teilweise mit Mülltonnen zugestellt waren, erreicht hatte, musste er feststellen, dass dort nichts mehr frei war. Ohnehin wäre es sinnvoller gewesen, gleich in dem Parkhaus am Alexanderring zu parken, was er dann auch tat.

Als er läutete, öffnete ihm eine alte Frau mit zusammengebundenen grauen Haaren. Sie trug eine weiße Kittelschürze. Offenbar war sie gerade dabei, Marmelade oder Gelee einzukochen, denn bereits an der Haustür roch es nach erhitztem Obst. Sie schaute Höbel erstaunt an, als der ihr seinen Dienstausweis zeigte. „Was will denn die Kriminalpolizei aus Koblenz von uns?"

„Ich nehme an, Sie sind Frau Klein", erklärte er. „Wenn das zutrifft, hätte ich gern Ihren Mann gesprochen."

„Hat er wieder etwas angestellt?", fragte sie. „Wissen Sie, der Karl ist nicht mehr so gut beieinander. Das Alter, die Ärzte meinen, beginnende Demenz. Die meiste Zeit sitzt er nur da und starrt vor sich hin. Nur wenn er zu viel getrunken hat, redet er wirres Zeug und macht Sachen, an die er sich am nächsten Tag nicht erinnern kann. Ich weiß, dass es nicht gut ist, wenn seine alten Kumpel ihn abholen und mit in die Kneipe nehmen. Aber was hat er denn noch? Soll ich ihm diesen Spaß auch noch nehmen?"

„Keine Angst", beschwichtigte er, „Ihr Mann hat nichts angestellt. Ich möchte lediglich ein paar Worte mit ihm reden."

Die Frau führte Höbel in ein kleines Wohnzimmer. Karl Klein saß in einem alten Sessel und schien fernzusehen. Es lief eine dieser nachmittäglichen Telenovelas. Den überlauten Ton hatte Höbel schon im Flur gehört.

„Da ist ein Mann von der Polizei, Karl", sagte sie, während sie den Fernseher ausschaltete. „Er möchte mit dir reden. Kann ich Ihnen etwas anbieten?", erkundigte sie sich bei Höbel.

Karl Klein langte nach der Fernbedienung, aber seine Frau steckte sie in die Tasche ihres Kittels.

„Machen Sie sich keine Mühe", wehrte Höbel ab. „Ich denke, es wird nicht allzu lang dauern."

„Dann lasse ich Sie jetzt mit meinem Mann allein. Ich bin gerade dabei, Kirschmarmelade einzukochen."

„Es riecht gut. Die schmeckt sicher ausgezeichnet."

Sie können nachher gerne ein Glas mitnehmen", bot Frau Klein an.

„Nein danke, sehr freundlich", wehrte Höbel ab und setzte sich Klein gegenüber. „Neulich im

Gasthaus zur Sonne haben Sie über Herbst gesprochen, der ja verbrannt ist. Sie sagten, er sei bereits der Dritte. Was haben Sie damit gemeint? Sind vorher schon welche verbrannt?"

Klein starrte ihn ausdruckslos an. „Weiß nicht", antwortete er schließlich.

„Irgendetwas muss Sie doch bewogen haben, das zu sagen."

Klein starrte nur vor sich hin und schüttelte den Kopf.

Höbel musste wohl einsehen, dass er hier nicht weiterkam. Aber einen Versuch war es wert gewesen. Er erhob sich und verabschiedete sich. Er war schon im Flur, als er leise Kleins Stimme hörte. „Das Feuer, die Kinder." Was ihn veranlasste, zurückzukehren.

„Welche Kinder meinen Sie?" Aber aus dem Alten war nicht mehr herauszubekommen.

Kapitel 5

Ulla hatte erwartet, dass der Inhalt der Urne keine wesentlichen Erkenntnisse bringen würde, deshalb machte sie sich auch keine Hoffnungen, als ein Kollege von der KTU anrief. Aber sie wurde überrascht.

Natürlich könne man keine DNS mehr feststellen. Die Asche sei wohl tierischer oder menschlicher Herkunft. Ob man da einen Menschen, einen Schimpansen oder eine Schweinehälfte verbrannt habe, sei nicht mehr feststellbar. Aber man habe Metall in der Asche entdeckt. Nach dem Skandal um das Zahngold der Toten würden die meisten Metalle bei der Asche belassen. Lediglich Sargklammern und Ähnliches würden entfernt. Man habe beispielsweise Kupfer, Zink und Nickel gefunden. Das seien zweifellos Bestandteile einer Münze gewesen. Aufgrund der gefundenen Mengen habe es sich höchstwahrscheinlich um eine Eineuromünze gehandelt. Der andere Gegenstand sei aus Platin und aufgrund der hohen Schmelztemperatur dieses Metalls nahezu unversehrt. Er erinnere an einen zum Ring gebogenen Hufnagel. Ob Ulla damit etwas anfangen könne.

Ulla konnte sehr wohl. Sie erinnerte sich, dass Halfer einen Hufnagel als Ring getragen hatte.

Die Münze zeigte eine auffällige Parallele zu dem Verbrechen an Herbst.

Leyendecker und Höbel zeigten sich durchaus überrascht, als sie die beiden informierte.

„Es bestehen wohl keine Zweifel mehr, dass es sich um Halfers Asche handelt", erklärte Leyendecker. „Ich habe noch nie vorher gesehen, dass jemand einen Hufnagel als Schmuckstück trug. Soviel Zufall kann es einfach nicht geben. Und da ist wieder diese Münze, der Obolus, oder was das Geldstück auch immer bedeuten soll. Ich glaube, wir sind uns einig, dass es sich um denselben Täter handelt."

„Er hat die Leiche gegen Halfer ausgetauscht", stellte Höbel fest. „Er war wohl etwa gleich alt wie der Mann vom Denkmal. Mit dem Totenschein wird ja kein Personalausweis mitgeschickt."

„Es ist auffallend, dass er wieder keine Anstalten gemacht hat, die Tat zu verbergen", stellte Ulla fest. „Zum einen hat er uns den toten Hutsch auf den Präsentierteller serviert. Naheliegender wäre doch gewesen, er hätte ihn irgendwo verscharrt. Nein, er wollte, dass wir ihn finden, und dass wir die Urne untersuchen und dabei natürlich sein Erkennungszeichen, die Münze, finden."

„Warum macht er das?", sinnierte Leyendecker. „Will er uns zeigen, dass er uns überlegen ist? Will er sein Ego befriedigen, und alle sollen sein Werk bewundern?"

„Ich glaube schon, dass wir es mit einem Egomanen zu tun haben", bemerkte Höbel. „Alle sollen wissen, was er für ein toller Kerl ist. Ich glaube, dass das gerade seine Schwäche ist. Vielleicht sollte man probieren, ihn herauszufordern. Bei einer Pressekonferenz seine Taten ins Lächerliche ziehen."

„Davor warne ich", widersprach Leyendecker. „Zum einen ist es mir zu früh, die Öffentlichkeit zu informieren, dass wir es hier mit dem Beginn einer Serie zu tun haben. Könnt ihr euch vorstellen, was die Presse aus einer solchen Information macht? Außerdem könnte sich der Täter provoziert und veranlasst sehen, ganz schnell eine weitere Tat folgen zu lassen, um uns seine Überlegenheit zu zeigen. Ich glaube, das können wir alle nicht verantworten."

„Ganz recht, das sehe ich auch so", bestätigte Ulla. „Er liefert uns genug Hinweise. Vielleicht sollten wir erst einmal versuchen, die zu deuten."

Leyendecker nickte zustimmend. „Fassen wir erst einmal zusammen, was wir bis jetzt haben. Da ist einmal das Feuer. Irgendeine Bedeutung scheint das für unseren Mann zu haben."

„Es könnte ein Pyromane sein", warf Höbel ein.

„Das ist eine Möglichkeit", sagte Leyendecker. „Da sind weiterhin die Euromünzen, die wir als Obolus interpretieren. Gehen wir zunächst einmal von dieser Interpretation aus, behalten aber auch im Hinterkopf, dass das lediglich besagen soll, die Opfer mögen an ihrem Geld ersticken.

Aber die größte Auffälligkeit ist doch, dass er seine Opfer offenbar nicht wahllos auswählt. Ich meine, das sollte zunächst unser Ansatzpunkt sein."

„Richtig", bestätigte Ulla. „Die erste und augenfälligste Gemeinsamkeit der beiden Opfer ist die Herbstwind. Das müssen wir wohl zuerst untersuchen. Zweitens haben die beiden eine gemeinsame Vergangenheit vor der Herbstwind. Sie sind gleich alt und kennen sich vermutlich seit der Schulzeit. Vielleicht liegt ja darin der Schlüssel. Jedenfalls können wir die Theorie vom eifersüchtigen Ehemann wohl ad acta legen. Die beiden werden wohl kaum etwas mit der gleichen Ehefrau gehabt haben."

„Man kann nie wissen, aber wahrscheinlich ist das wirklich nicht. Fangen wir zunächst bei der Firma an. Vielleicht ist es ja doch ein unzufriedener Mitarbeiter", schlug Höbel vor.

„Sie haben recht", stimmte Leyendecker zu. „Aber ich habe das Gefühl, so einfach ist der Fall hier nicht gelagert."

„Trotzdem müssen wir das überprüfen. Also los, befragen wir noch einmal die Witwe und neue Chefin der Herbstwind", schlug Ulla vor.

Offenbar ging in der Firma wieder alles seinen gewohnten Gang. Diesmal war das Foyer besetzt. Die hübsche Brünette war gerade dabei zu telefonieren. Sie unterbrach das Gespräch. „Ich nehme an, Sie wollen zu Frau Herbst", sagte sie an Ulla Stein gewandt.

„Ganz recht", bestätigte Ulla. „Das ist der Kollege Höbel von der Kriminalpolizei in Koblenz."

„Ich werde Sie bei Frau Herbst anmelden. Sie ist im ersten Stock, Zimmer 121."

Birgit Herbst kam ihnen bereits an der Treppe entgegen. Sie reichte beiden die Hand und bat sie, in ihr Zimmer zu folgen.

Die Einrichtung entsprach der, die Ulla in Halfers Zimmer gesehen hatte. Allerdings hingen hier an den Wänden zwei größere Lithografien von Chagall. Ulla glaubte, die schon einmal irgendwo gesehen zu haben. Wenn sie sich recht erinnerte, gehörten die zu einem biblischen Zyklus.

Birgit Herbst fragte sie, ob sie ihnen etwas anbieten könne, nachdem sie sie gebeten hatte, Platz zu nehmen.

„Ein Kaffee wäre nicht schlecht erklärte Ulla."

Höbel schloss sich dem an.

Nachdem Frau Herbst telefonisch drei Kaffee geordert hatte, schaute sie die beiden erwartungsvoll an. „Haben Sie etwas von Michael gehört?", erkundigte sie sich.

Ulla ging zunächst nicht auf die die Frage ein. „Als ich neulich hier war, ist mir an Herrn Halfers Hand ein auffälliger Ring aufgefallen."

„Ja, sehr auffällig", bestätigte sie. „Das war so eine Marotte von ihm. Angeblich erinnert der an seinen Urgroßvater. Er hat immer erzählt, dass sein Urgroßvater eine kleine Schmiede besessen hätte und damals anlässlich seiner Hochzeit kein Geld für Trauringe gehabt habe. Der habe die Ringe dann kurzerhand aus zwei Hufnägeln gefertigt. Michael hat sich zur Erinnerung einen solchen Ring aus Platin anfertigen lassen. Eine schöne Geschichte, finden Sie nicht auch? Aber warum fragen Sie danach?"

Ulla zögerte zunächst, auf diese Frage einzugehen, entschloss sich aber dann doch zu antworten. „Was ich Ihnen jetzt sage, sollte zunächst unter uns bleiben, da es sich um Täterwissen handelt, aber das wird sich ohnehin nicht lange geheim halten lassen."

Man konnte sehen, wie Birgit Herbst bei dem Wort Täterwissen zusammenzuckte. Neugierig sah sie Ulla an. „Bitte erzählen Sie."

„Sie haben ja sicher auch aus der Presse entnommen, dass man einen Toten gefunden hat, der angeblich eingeäschert wurde. Die Asche wurde untersucht. Darin fand man einen solchen Ring."

Nachdem Frau Herbst zunächst betroffen geschwiegen hatte, fragte sie zögerlich: „Heißt das, dass man anstelle dieses Mannes Michael verbrannt hat? Das ist ja schrecklich!"

„Ich fürchte, daran besteht kein Zweifel", bestätigte Ulla, „auch wenn keinerlei DNS mehr festzustellen war. Aber der Ring ist sicher so selten, falls es überhaupt noch ein zweites Exemplar gibt, dass hier wohl keine Zweifel bestehen."

„Wer, um Gottes willen, macht denn so etwas? Welches kranke Hirn hat sich das denn ausgedacht?", ereiferte sie sich.

„Das versuchen wir ja herauszufinden", erklärte Ulla.

„Wie kann ich Ihnen helfen?"

„Alles spricht dafür, dass die beiden Taten zusammenhängen. Wir gehen davon aus, dass es sich um ein und denselben Täter handelt. Die gemeinsame Verbindung der beiden ist wohl die Firma."

Birgit Herbst hatte sich wieder gefasst. „Diese Überlegung kann ich nachvollziehen, auch wenn ich es immer noch für unwahrscheinlich halte. Was wollen Sie wissen?"

Jetzt ergriff Höbel das Wort. „Die erste Frage ist in einem solchen Fall doch immer cui bono …?"

„Wem nützt es", unterbrach sie ihn. „Ich hatte auch Latein. Wenn es danach geht, können Sie mich gleich mitnehmen. Ich bin die Erbin meines Mannes und Michael hat keine Angehörigen, und er wollte, dass nach seinem Tod die Anteile in der Firma bleiben. So hat er meinen Mann als Erben mit dem Zusatz eingesetzt, dass ich anstelle meines Mannes erbe, falls der vorher verstorben ist. Einige kleinere Vermächtnisse gehen an mehrere gemeinnützige Vereine und Organisationen. Die sind ja wohl kaum verdächtig."

„Wir müssen alles überprüfen", erklärte Ulla. „Aber es ist doch naheliegend, dass das alles irgendwie mit der Firma zusammenhängt. Konkurrenten, militante Windkraftgegner, entlassene Mitarbeiter. Wir haben Sie das ja schon einmal gefragt. Ist Ihnen inzwischen eine Idee gekommen, mag sie auch noch so abwegig erscheinen?"

„Wirklich, ich habe keine Ahnung. Dieser Mensch müsste ja Thomas und Michael gleichermaßen gehasst haben. Ein Konkurrent, warum sollte der das tun? Für die Konkurrenz ändert sich durch den Tod der beiden nichts. Die Gegner der Windkraft sind manchmal durchaus rabiat, aber so weit würde niemand gehen. Entlassene oder enttäuschte Mitarbeiter gibt es in jeder Firma, aber wenn die alle ihre Chefs umbringen würden, wären die Unternehmer längst ausgestorben. Trotzdem lasse ich Ihnen eine Liste der Personen, die in den letzten beiden Jahren entlassen wurden, oder mit denen ein Auflösungsvertrag geschlossen wurde, anfertigen. Es können ja nicht viele sein."

Sie telefonierte kurz. Dann wandte sie sich Ihnen wieder zu. „Wenn Sie mich fragen, haben wir es hier mit einem Verrückten zu tun."

„Morde haben für uns immer etwas Verrücktes", bestätigte Höbel, „auch wenn diese Menschen meist nicht verrückt im herkömmlichen Sinne sind. Die meisten Morde geschehen nicht einfach so. Sie haben irgendwo eine Ursache, einen Auslöser. Ich bin mir sicher, dass wir der Aufklärung ein wesentliches Stück näher gekommen sind, wenn wir diesen Auslöser finden."

„Könnte die beiden etwas aus ihrer Vergangenheit verbinden, das diese Morde ausgelöst haben könnte?", erkundigte sich Ulla.

Birgit Herbst dachte kurz nach. „Ich kenne die beiden seit ihrer Kindheit. Mir ist nichts dergleichen bekannt. Nein, keiner der beiden hatte so etwas, was Sie als eine Leiche im Keller bezeichnen würden. Aber man kann ja nie wissen. Manchmal haben ja ganz kleine Sachen, die wir nicht wichtig nehmen, eine immense Auswirkung."

Die Tür ging auf, und ein junger Mann brachte zwei Blatt Papier. Sie warf einen kurzen Blick darauf. „Wie ich schon sagte, es sind lediglich acht Personen. Ich muss Sie bitten, diese Papiere vertraulich zu behandeln. Wie Sie ja sicher wissen, werden in Zeugnissen oder anderen Papieren oft nicht die wahren Hintergründe genannt. Wir haben uns hier bemüht, die Beweggründe darzustellen, weil ich das für wichtig halte."

„Das ist sehr vernünftig", bemerkte Ulla. „Wir versichern, dass wir die Informationen nur für den internen Gebrauch verwenden, allerdings werden wir sicher mit einigen von diesen Leuten reden müssen."

„Das ist mir klar. Aber ich glaube, dass der Mörder nicht auf dieser Liste zu finden ist. Das einzige erkennbare Motiv habe wohl ich, aber Sie werden ja überprüft haben, dass ich mich in China befand. Und bei Michaels Tod hatte ich genug rund um die Bestattung meines Mannes zu tun. Ich glaube, ich habe auch für jede Minute einen Zeugen, ausgenommen die Zeit, in der ich geschlafen habe."

Ulla und Höbel hatten sich gerade verabschiedet, als Birgit Herbst noch einmal das Wort ergriff. „Was mache ich denn jetzt mit der Urne? Wird man die mir überhaupt aushändigen. Kann ich die Asche von Michael beisetzen lassen? Ist er denn jetzt im Sinne der Gesetze tot, oder ist er offiziell noch vermisst?"

Diese Fragen überraschten Ulla. „Nun, ich bin mir sicher, dass es sich um die Asche von Michael Halfer handelt. Aber ob das ausreicht, um eine Sterbeurkunde zu bekommen, möchte ich doch bezweifeln. Vielleicht muss er wirklich eine gewisse Zeit verschwunden sein, um dann für tot erklärt zu werden."

„Ich sehe schon, das wird alles sehr kompliziert werden. Dafür gibt es Fachleute. Am besten, ich beauftrage einen Rechtsanwalt, der das alles für mich abklärt."

Im Foyer begegnete ihnen Frau Kleber. Sie lächelte verlegen und sah zur Seite, als sie an ihr vorbei gingen. Ulla hätte ihr gerne gesagt, dass ihr Mann nicht mehr verdächtig war, aber sie verschob es auf später.

„Sehr vielversprechend ist das ja nicht", erklärte Leyendecker, als sie ihm die Liste der entlassenen Mitarbeiter der Westwind zeigten. „Alles mehr oder weniger normale Fluktuation. Den Prokuristen, der Geld unterschlagen haben soll, mit dem ein Auflösungsvertrag geschlossen wurde, oder die Sekretärin, die angeblich Unterlagen heimlich kopiert und an die Konkurrenz weitergegeben hat, sollten wir vielleicht näher überprüfen."

„Mir geht der Alte nicht aus dem Kopf", sagte Höbel, „vielleicht hat es ja tatsächlich vorher etwas gegeben. Ich untersuche derzeit Brände mit Personenschäden. Ich möchte lieber dieser Spur nachgehen."

„Natürlich, machen Sie das nur", stimmte Leyendecker zu. „Wir stochern ja ohnehin nur im Dunkeln, da ist ein Versuch so gut wie der andere."

„Dann nehme ich mir mal diesen Prokuristen vor", sagte Ulla. „Vielleicht bekomme ich ja aus dem etwas heraus."

Leyendecker nickte. „Mach das, aber geh bitte nicht allein. Ich schlage vor, du nimmst Karlchen mit."

Alexander Vielbach saß allein in seinem Neubau in der Theodor-Fliedner-Straße. Im Internet beobachtete er mehrere Pokerpartien. Gerne wäre er eingestiegen, aber dazu fehlte ihm das Kapital, obwohl er sicher war, dass er gerade heute gewonnen hätte. Aber die Welt war nun einmal ungerecht.

Vor drei Jahren, als seine Frau mit ihm in dieses Haus eingezogen war, schien noch alles in Ordnung zu sein, obwohl er schon damals dem ein oder anderen Glücksspiel nicht abgeneigt war. Aber dann hatte er eine Glückssträhne erwischt. Er konnte anpacken, was er wollte. Es verging kaum ein Abend, den er nicht mit Gewinn abschloss. So verdiente er sich praktisch den Eintritt zu den Spielen, bei denen es um höhere Einsätze ging.

Parallel stieß er auf einen Treffpunkt in einer ehemaligen Gaststätte, in der sich immer wieder neue Pokerrunden bildeten.

Lange Zeit lief es recht gut. Er schlief zwar kaum noch, konnte das aber an seinem Arbeitsplatz mithilfe diverser Aufputschmittel ganz gut kaschieren. Trotzdem wurde er immer launischer und jähzorniger. Das gipfelte darin, dass er seine Frau schlug, als die von ihm verlangte, das Pokerspiel zumindest auf ein erträgliches Maß einzuschränken.

Zunächst hatte er sich reumütig entschuldigt. Aber es passierte wieder, woraufhin seine Frau ihre Sachen packte und ihn verließ.

Fast gleichzeitig schien ihn alles Glück verlassen zu haben. Die Guthaben bei den Onlinekasinos schmolzen dahin. Bei den Pokerrunden in der ehemaligen Gaststätte lieh er sich Geld von obskuren Gestalten und unterschrieb Schuldscheine mit horrenden Zinsen. Als die dann fällig wurden, sah er den einzigen Ausweg darin, bei seinem Arbeitgeber etwas abzuzweigen. Natürlich hätte er das Geld nach kurzer Zeit zurückgezahlt, seine Pechsträhne würde ja nicht ewig dauern. Als sein kurzfristiges Darlehn dann doch entdeckt wurde, zwang man ihn, diesen Auflösungsvertrag zu unterschreiben. Dass er sich jahrelang für die Firma aufgerieben hatte, spielte auf einmal keine Rolle mehr. So hatten die Inhaber der Firma seinen Niedergang zu verantworten. Die Leistungen des Arbeitsamtes waren natürlich wesentlich niedriger als sein Lohn. Die Darlehnsverpflichtungen liefen aber weiter. Auf die Mahnschreiben der Banken reagierte er schon lange nicht mehr. Die Zwangsversteigerung des Hauses war wohl unabwendbar.

Von verschiedenen Bekannten lieh er sich immer wieder Geld, um die Schuldscheine zu begleichen und unterschrieb gleichzeitig neue, um weiterzuspielen.

Heute verstrich die letzte Frist, die man ihm gesetzt hatte.

Lars Höbel durchforstete die gespeicherten Unterlagen. Er wusste eigentlich nicht, wonach er suchen sollte. An einen Brand im Entenpfuhl in Koblenz konnte er sich noch gut erinnern. Er war damals an der Untersuchung nicht beteiligt, weil er da noch auf der Fachhochschule war. Aber das stand in allen Zeitungen. Der Inhaber hatte in seiner Galerie überall Benzin vergossen und sich dann mit dem Geschäft angezündet. Höbel las den Geburtsort des Verstorbenen. Da stand Hachenburg, und der Mann war genauso alt wie Herbst und Halfer. Soviel Zufall konnte es gar nicht geben.

Es klingelte an der Haustür. Das würden sie sein. Vorsichtig blickte er aus dem Küchenfenster nach draußen. Dort hielt ein schwarzes SUV. Er beschloss, einfach nicht zu reagieren. Er wusste schon, dass er wie ein Kleinkind handelte, das sich die Augen zuhält und dann glaubt, niemand würde es sehen. Aber was blieb ihm denn anderes übrig. Er hatte das Geld nicht, und er würde es wohl auch nicht so bald auftreiben können. Er saß einfach still da und wartete. Und schließlich hörte er den Wagen anspringen. Sie fuhren tatsächlich davon. Diesmal war er noch davon gekommen. Er wandte sich wieder den Pokerpartien im Internet zu. Gerne hätte er mitgespielt. Dass die beiden davongefahren waren, deutete er als ein weiteres Zeichen, dass er heute Glück gehabt hätte.

Weil er ein Geräusch hinter sich hörte, schaute er sich um. Der Schreck fuhr ihm in die Glieder. Wo kamen die zwei Kerle den jetzt her? Er hätte die Hintertür besser abschließen sollen. Die beiden waren Fachleute und für die war eine Tür, die nur zugeschlagen war, nun wirklich kein Problem.

„Da sind wir", sagte der Große mit der Bodybuilderfigur. „Du hast uns doch sicher erwartet."

„Natürlich hat er uns erwartet", bestätigte der etwas schmalere seinen Kumpel grinsend und zeigte dabei seine schiefen Zähne. „Sicher hat er unser Klingeln nicht gehört, sonst hätte er doch aufgemacht. Er ist keiner, der sich Geld leiht und es dann nicht zurückzahlt. Er weiß doch genau, was dann passiert. Das kann er nicht wirklich wollen."

„Vielleicht war er auch auf der Toilette und hat deshalb nicht geöffnet", merkte der Muskelberg an. „Es ist ja auch egal, jetzt sind wir ja da. Mit Zinsen schuldest du uns fünfundfünfzigtausend. Reich es einfach rüber. Dann sind wir auch schon wieder weg."

„Hört mal, Jungs. Ich habe versucht, das Geld zu beschaffen. Ich verspreche, in spätestens einer Woche bekommt ihr es."

„Habe ich mich da verhört?" schaltete sich wieder der Kleinere ein und zog ein Springmesser aus der Tasche. „Hat er gesagt, er habe das Geld nicht? Das ist alles sehr traurig. Was wird denn unser Boss dazu sagen, wenn wir ohne sein Geld kommen? Der wird gar nicht fröhlich sein und uns wieder die Schuld geben. Das mag ich überhaupt nicht."

Der Große fasste Vielbach im Genick, der unfähig war, sich zu rühren. „Wenn sich das herumspricht, wird uns niemand mehr ernst nehmen. Willst du das?"

Die Klinge des Messers sprang heraus. „Kennst du diesen Film mit Jack Nicholson, wie hieß der doch gleich noch?"

„Du meinst Chinatown", erwiderte der Bodybuilder. „Ein klasse Film. Besonders als sie dem in die Nase geschnitten haben. Der ist den ganzen Film mit so einem Verband oder Pflaster herumgelaufen. Das war cool."

„Glaubst du, ich könnte das auch?", erkundigte sich der Kleinere.

„Natürlich, warum denn nicht? So gut, wie du mit dem Messer bist."

„Hört auf!", schrie Vielbach. „Ich werde ja bezahlen, das verspreche ich!"

„Hörst du, er will ja bezahlen der arme Kerl. Sollen wir ihm noch einmal glauben?"

„Na gut, aber wir müssen dafür sorgen, dass er es diesmal nicht vergisst."

Der Hüne ging ins Bad. Als er zurückkam, trug er ein Handtuch und einen Schlagring bei sich, den er über die Finger der rechten Hand zog. „Ich mag das nicht, wenn mir nachher die Knöchel schmerzen", erklärte er und wickelte das Handtuch um die Hand. „Halt ihn gut fest!", befahl er und schlug Vielbach in den Magen.

Der schrie vor Schmerzen laut auf.

Er holte erneut aus. „Das war doch gar nichts."

Da schellte die Türklingel.

„Zur Hilfe! Helft mir!", kreischte Vielbach.

Höbel erkannte, dass Martin Schultz, ein alter Fahrensmann die Ermittlungen in dem Brand am Entenpfuhl geleitet hatte. Schultz war ein erfahrener und von allen geschätzter Ermittler. Höbel wusste nicht so recht, wie der es auffassen würde, wenn er sich nach einem Fall erkundigte, der ja abgeschlossen war. Schließlich war Höbel noch ein Jungspund und fürchtete, sein älterer Kollege würde das als Übereifer oder Kritik interpretieren. Trotzdem blieb ihm keine andere Wahl, als sich mit Schultz in Verbindung zu setzen.

Es zeigte sich jedoch, dass Höbels Skrupel völlig unbegründet waren. Natürlich könne er sich noch gut an den Fall erinnern, erklärte Schultz. Er sei gerne bereit, die Einzelheiten mit Höbel zu erörtern. Selbstverständlich habe man hier im Hause auch über die Hachenburger Fälle gesprochen, und er sei gespannt, welchen Zusammenhang Höbel mit dem Brand im Entenpfuhl sehe.

Höbel informierte Leyendecker, dass er seine Dienststelle aufsuchen und möglicherweise ein paar Tage bleiben würde. Nachdem die Leute vom Landgasthof Hormann unterrichtet hatte, wobei er diese bat, ihm das Zimmer noch einige Tage frei zu halten, machte er sich auf den Weg nach Koblenz.

Das Haus machte äußerlich einen einladenden Eindruck. Hier konnte man sich wohlfühlen. Es war vermutlich recht teuer gewesen. Ulla und Christoph hatten öfter erwogen, ebenfalls neu zu bauen, denn ihre Wohnung war doch etwas klein. Aber sie hatten das immer wieder zurückgestellt, weil Ulla immer noch mit dem Gedanken spielte, einmal in eine der großen Städte, wie beispielsweise Berlin, zu gehen. Leyendecker hatte immer gesagt, dass sie sich wundern würde, mit welchen Leuten sie es dann zu tun bekäme. Aber so ganz hatte sie diese Gedanken noch nicht ad acta gelegt.

Sie fuhren mit dem Streifenwagen an dem dunklen Geländewagen vorbei. „Eine Neuwieder Nummer. Der gehört vermutlich nicht hierher", bemerkte Karlchen.

„Vielleicht werden wir den Fahrer kennenlernen", erklärte Ulla. „Lassen wir uns überraschen."

Sie parkten in Vielbachs Hof. Als sie läuteten, hörten sie, wie von drinnen ein Mann um Hilfe schrie.

Berger klopfte mit der Faust gegen die Tür. „Aufmachen! Hier ist die Polizei!", befahl er.

Als Berger sich gegen die Tür werfen wollte, sagte Ulla: „Es gibt sicher eine Hintertür. Versuchen wir es dort."

„Ich bleibe hier, du versuchst es durch die Hintertür", schlug Karlchen vor.

„Keine Chance", erklärte Ulla. „Du kennst die Vorschriften. Wir bleiben zusammen, damit wir uns gegenseitig Schutz geben können."

Berger bestätigte durch Kopfnicken. „Also die Hintertür."

Sie waren gerade dort angekommen, als die Tür aufgerissen wurde und Karlchen diesem Muskelberg gegenüberstand. Beide waren im ersten Moment überrascht und traten einen Schritt zurück.

Der Muskelmann hatte als Erster die Fassung wieder erlangt. Er senkte den Kopf und stürzte auf Berger zu. Der bekam gerade noch den Ellenbogen gehoben, da krachte sein Gegner schon mit voller Wucht dagegen. Karlchen hatte ihn wohl in Höhe der Nasenwurzel getroffen, denn sofort drang aus der Nase Blut. Während Berger von der Wucht des Angriffs einen Schritt zurücktaumelte, sank sein Gegenüber auf die Knie, aber nur, um im nächsten Moment wieder aufzuspringen und sich erneut auf den Polizeibeamten zu stürzen.

Ulla sah hinter den beiden Kämpfern einen weiteren Mann, der ein Messer in der Hand hielt. Sie konnte aber unmöglich zu ihm gelangen, da die beiden Riesen den Eingang versperrten.

Der Bodybuilder versuchte Berger mit wilden Schlägen einzudecken. Aber der war nun auch nicht gerade ein Kind von Traurigkeit. Dem ersten Schwinger konnte er ausweichen und den zweiten mit dem linken Arm abblocken. Dann traf seine rechte Gerade den Angreifer mitten auf die Stirn. Der stand einen Augenblick ungerührt vor Berger, der ihm gerade einen weiteren

Schlag verpassen wollte. Dann sah Karlchen jedoch, wie die Augen seines Gegners immer glasiger wurden. Gleichzeitig erschien auf dessen Gesicht ein ungläubiger Ausdruck, bevor er ohnmächtig auf dem Bauch landete.

Der zweite Mann war inzwischen nicht mehr zu sehen. Ulla zwängte sich mühsam an dem am Boden Liegenden vorbei. „Kümmere dich um den!", rief sie Berger zu. „Ich nehme mir den anderen vor!"

Sie hastete mit entsicherter Pistole an Waschmaschine und Trockner vorbei und gelangte über einen Flur in Vielbachs Wohnzimmer, wo sie den Hausherrn dann auch vorfand. Der stand in der Mitte des Raums.

Hinter ihm stand der zweite des Geldeintreiberduos. Er hatte den linken Arm um Vielbachs Hals gelegt und hielt die Spitze des Springmessers an seine Halsschlagader. Ein wenig Blut lief in dessen Hemdkragen. Mit angstvollen Augen starrte Vielbach Ulla an.

„Polizei, lassen Sie sofort das Messer fallen, und heben Sie die Hände über den Kopf!", befahl Ulla lauthals.

„Wenn Sie nicht wollen, dass dieser Mann stirbt, lassen Sie sofort die Pistole fallen!", erhielt sie als Antwort.

„Seien Sie vernünftig, es ist vorbei!", redete sie auf ihn ein. „Sie haben keine Chance. Noch ist nicht allzu viel passiert. Wollen Sie, das alles noch schlimmer machen?"

Der Mann schien keine Anstalten zu machen, ihrer Aufforderung zu folgen. Er schaute sich wie ein in die Enge getriebenes Tier um. Das Messer in seiner Hand zitterte. Anscheinend wartete er auf seine Kumpanen.

Stattdessen ging die Tür auf, und Berger kam hereingestürmt. „Der ist versorgt und wartet nur auf den Abtransport", verkündete er.

Dieser kurze Moment lenkte den Mann ab, und das Messer entfernte sich ein kleines Stück vom Hals des Opfers.

Der Augenblick genügte Ulla, und sie feuerte, ohne zu zögern, ihre Waffe ab. Das Geschoss traf den Angreifer in die Schulter. Das Messer verließ die kraftlose Hand und fiel auf den Boden, während der Mann ein Stück zurückgeworfen wurde.

Da war auch schon Berger bei ihm und drehte ihm beide Arme auf den Rücken, ohne das Stöhnen des Mannes zu beachten. „Gib mir mal deine Handschellen", bat er Ulla. „Meine sind bei dem Kerl da draußen.

Vielbach schrie wie am Spieß.

Als der Mann sich etwas beruhigt hatte, griff Ulla zum Telefon. „Wir haben einen Transport für euch, Kollegen. Zwei verletzte Personen. Ich glaube nicht, dass die Verletzungen schwerwiegend sind. Last sie trotzdem im Krankenhaus untersuchen, und passt gut auf sie auf."

„Sie kommen mit uns", erklärte sie Vielbach.

Kapitel 6

Schultz begrüßte Höbel freundlich. „Kommen Sie doch herein, Herr Kollege, und nehmen Sie Platz." Er zeigte auf den Bürostuhl, der vor seinem Schreibtisch stand. „Sie hatten mir ja bereits am Telefon gesagt, worum es Ihnen geht."

„Es ist sehr freundlich, dass ..."

„Machen Sie nicht soviel Federlesens", unterbrach Schultz ihn. „Es ist doch selbstverständlich, dass ich Ihnen helfe. Ich bin schon sehr gespannt, welchen Zusammenhang Sie zwischen den drei Fällen sehen. Ich habe mir die Akte besorgt. Das meiste ist zwar auch im Computer gespeichert, aber ich fühle mich mit dem Papier einfach vertrauter. Ich habe halt damit angefangen, wobei ich die Errungenschaften der modernen Technik durchaus zu schätzen weiß. Die sind ja heute für unsere Arbeit unverzichtbar.

Am besten, ich erzähle von Anfang an. Sie unterbrechen mich bitte, wenn Sie eine Frage haben. Also, es begann damit, dass uns der Sohn von Bernhard Herzberg anrief und um Hilfe bat. Sein Vater hatte ihm eine SMS geschickt, worin er ankündigte, das gesamte Geschäft anzuzünden und sich mit dazu. Bevor Sie fragen, natürlich haben wir das überprüft. Die E-Mail kam von Herzbergs Handy und die Funkpeilung hat auch ergeben, dass sich das Handy in der Gegend des

Entenpfuhls befand. Das Handy des Sohnes befand sich in dieser Zeit in Köln.

Bernhard Herzberg betrieb eine Galerie am Entenpfuhl. Wir haben gleich ein Einsatzfahrzeug dorthin geschickt und auch die Feuerwehr allarmiert, die hatte allerdings der Sohn ebenfalls schon angerufen. Unser Einsatzfahrzeug und das Tanklöschfahrzeug der Feuerwehr trafen etwa gleichzeitig ein. Da stand allerdings alles schon in hellen Flammen. Es war unmöglich, in das Gebäude zu gelangen. Man konnte lediglich versuchen, das Feuer insoweit zu begrenzen, dass es nicht auf die Nachbargebäude übergriff, was auch gelang. Das war gar nicht so selbstverständlich. Sie kennen ja die enge Bebauung dort."

Schultz machte eine kurze Pause. „Von dem vielen reden wird einem der Hals ganz trocken. Möchten Sie auch etwas trinken? Ich brauche jetzt ein Wasser."

„Ich schließe mich Ihnen da dankend an", erklärte Höbel.

Nachdem eine hübsche junge Frau, vermutlich eine der Sekretärinnen, die Getränke gebracht hatte, fuhr der alte Kripobeamte fort: „Als man das Feuer schließlich unter Kontrolle gebracht hatte, bestand Einsturzgefahr, sodass das Gebäude zunächst abgestützt werden musste. Es dauerte daher recht lange, bis man hinein konnte. Schließlich fand man dann einen verkohlten Leichnam vor. Spätere Untersuchengen haben ergeben, dass es Herzberg war."

„War sonst irgendetwas auffällig?", fragte Höbel. „Bestanden irgendwelche Zweifel, dass es sich um Suizid handelte?"

„Da war nichts auffällig. Der Brandsachverständige hat festgestellt, dass Benzin verschüttet wurde. Man hat auch die Überreste eines Kanisters gefunden. Wir hatten die SMS und kannten auch den Grund für den Selbstmord."

„Was war der Grund?", fragte Höbel nach.

„Der Grund war, dass Herzberg pleite war. Eigentlich ein Klassiker für einen spektakulären Selbstmord. Er hat da wohl ein Bild angekauft und weiterverkauft, was sich im Nachhinein als Fälschung herausstellte. Selbst seine Familie zweifelte nicht an einem Selbstmord. Man hat auch nichts gefunden, was darauf hindeutete, dass eine Fernzündung stattgefunden hat. Und ganz wichtig ist, dass es keinen Grund gab, den Mann umzubringen. Niemand profitierte von seinem Tod. Es existiert kein erkennbares Motiv. Ein finanzielles schon gar nicht, denn wie gesagt, der Mann war pleite. Natürlich wurden routinemäßig die Personen in Herzbergs Umfeld überprüft. Da wäre am ehesten der Sohn infrage gekommen. Der ist früher einmal aktenkundig geworden. Körperverletzung und BTM, aber nichts Gravierendes. Aber in den letzten Jahren war da nichts mehr. Es war gerade der Vater, der ihn damals unterstützt hat und ihm wieder auf die Beine geholfen hat. Ich hatte eher den Eindruck, dass Herzbergs Tod ihn sehr getroffen hat."

„Fand man irgendwas bei der Leiche?"

„Nichts, was nicht dahin gehörte. Es wurden Fotos gemacht, die Sie sich gerne näher ansehen können. Haben Sie da etwas Bestimmtes im Auge? Ich bin ohnehin neugierig, worin Sie die Verbindung der Fälle sehen."

„Das will ich Ihnen gerne sagen", erklärte Höbel. „Die erste Verbindung ist der gemeinsame Geburtsort, nämlich Hachenburg. Die zweite Verbindung ist der Jahrgang, alle drei sind im gleichen Jahr geboren. Es besteht kein Zweifel, dass die drei sich gekannt haben. So groß ist Hachenburg nicht, als dass es anders sein könnte. Die dritte Gemeinsamkeit ist der Tod durch Verbrennen. An soviel Zufall kann ich einfach nicht glauben."

„Das ist schon auffällig", bestätigte Schultz. „Weil Sie danach fragten, hat man bei den anderen Leichen etwas gefunden, was Sie hier vermissen?"

„Da ist diese Münze. In beiden Fällen fand man einen Euro. Leyendecker, das ist allerdings nur eine Arbeitsthese, also Leyendecker hält es für möglich, dass es sich um einen Obolus handeln könnte, die Münze, die man in der griechischen Mythologie den Toten als Lohn des Fährmanns Charon mitgab."

„Ich kenne Leyendecker", erklärte Schultz, „ich habe einige Male mit ihm zusammengearbeitet, als er noch beim LKA war. Aber diese Theorie scheint mir doch etwas spektakulär zu sein. Allerdings die von Ihnen vorgetragenen Übereinstimmungen lassen nicht zu, das als Zufall abzutun. Bei den anderen Fällen wurde eine Münze gefunden, in unserem Fall nicht. Das kann einmal bedeuten, sie war da, es wurde ihr aber keine Bedeutung beigemessen. Das ist aber unwahrscheinlich. Wenn ich mich recht erinnere, wurde die Münze den Toten doch unter die Zunge gelegt. Das wäre bei der Obduktion mit Sicherheit aufgefallen."

„Das ist schon ein gravierender Unterschied", stellte Höbel fest. „Bei den Morden an Herbst und Halfer wollte der Täter Aufmerksamkeit erregen, bei Herzberg nicht. Vielleicht hat sich der Täter weiterentwickelt."

„Oder es war kein Mord, was wir ja von Anfang an angenommen haben", gab Schultz zu bedenken, „aber möglicherweise war Herzbergs Tod der Auslöser der Morde in Hachenburg."

„Das ist allerdings eine Überlegung, die überdacht werden muss", bestätigte Höbel.

„Ich denke, wir haben im Wesentlichen alles besprochen", sagte Schultz. „Oder haben Sie noch Fragen?"

„Im Moment nicht", erwiderte Höbel. „Ich möchte mir nur noch einmal die Akte, insbesondere die Fotos, ansehen. Darüber hinaus würde ich gerne noch einmal die Zeugen befragen. Wenn Sie nichts dagegen haben."

„Natürlich habe ich nichts dagegen. Die Adressen gehen aus der Akte hervor. Herzbergs

Frau ist inzwischen umgezogen, aber die neue Adresse ist auch dort zu finden. Ich wünsche Ihnen viel Glück bei Ihren Ermittlungen, und halten Sie mich bitte auf dem Laufenden."

„Ich möchte nach Hause", bat Alexander Vielbach. „Sie haben mich jetzt so lange warten lassen. Ich habe doch nichts verbrochen."
„Das wird sich noch herausstellen", erklärte Ulla. „Diese beiden Kerle, wer waren die?"
„Ich habe sie heute zum ersten Mal gesehen."
Das geht ja gut los, dachte Ulla. Sehr gesprächig war der Mann wohl nicht. Das konnte zäh werden. „Nehmen wir mal an, dass ich Ihnen das glaube. Was wollten die denn von Ihnen?"
„Sie wollten Geld."
„Sie wollten also Geld. Gab es dafür einen Grund?"
„Da müssen Sie die fragen."
„Ich frage aber Sie."
Ihr Gegenüber schwieg beharrlich.
„Es muss doch einen Grund geben, warum die Geld von Ihnen wollten. Oder wollen Sie behaupten, die sind einfach bei Ihnen aufgetaucht und wollten Geld von Ihnen."
„Genauso ist es gewesen."
„Sie wollen mir also weismachen, dass Sie die beiden nicht kennen, und dass sie Geld von Ihnen wollten, ohne dass Sie wissen warum. Das können Sie Ihrer Großmutter erzählen. Die wird Ihnen das auch nicht glauben. Die marschieren

also am helllichten Tag bei Ihnen herein. Der Wagen der beiden war wenige Meter von Ihrem Grundstück entfernt geparkt, und laut Zeugenaussagen hat er vorher in Ihrem Hof gehalten. So machen Einbrecher das. Das ist die typische Vorgehensweise bei Einbrüchen oder Raubüberfällen. Sie wollen mir doch nicht weismachen, das sei alles Zufall gewesen."

Vielbach zeigte sich weiter verstockt. „Genauso war es."

„Soll ich Ihnen sagen, was ich glaube? Ich glaube, Sie schulden jemand Geld, vermutlich viel Geld. Und dieser jemand ist nicht gerade zimperlich. Er hat Ihnen seine Geldeintreiber geschickt. Wir haben die beiden zwar festgenommen, aber Sie glauben doch nicht ernsthaft, dass damit die Angelegenheit für Sie erledigt ist? An deren Stelle werden andere treten. Für Sie hat sich durch die Festnahmen nichts geändert. Vielleicht haben Sie etwas Zeit gewonnen, mehr nicht. Aber Sie kommen nicht mehr da raus. Sagen Sie schon, was los ist. Nur dann können wir Ihnen helfen."

„Ich habe alles gesagt und möchte jetzt gehen." Vielbach machte Anstalten, den Raum zu verlassen.

„Setzen Sie sich wieder hin!", befahl Ulla, „wir sind noch nicht fertig.

Überrascht von dem scharfen Ton nahm er wieder Platz. „Was wollen Sie denn noch von mir?"

„Kommen wir zu den Morden an Herbst und Halfer. Wie man hört, haben Sie mehrfach erklärt, die beiden mögen in der Hölle schmoren. Das ist ja nun inzwischen eingetreten. Ihr Wunsch hat sich also erfüllt. Haben Sie dabei nachgeholfen"

„Das können Sie mir nun wirklich nicht anhängen!", keifte er. „Damit habe ich nichts zu tun!"

„Die beiden haben Sie rausgeschmissen, trotz der Verdienste, die Sie sich um die Firma erworben haben. Da reißt man sich jahrelang den Arsch auf, und dann wird man von einem Tag auf den anderen auf die Straße gesetzt. Da kann ich Ihren Hass durchaus verstehen."

„Das Beschäftigungsverhältnis wurde im gegenseitigen Einvernehmen gelöst."

„Kommen Sie mir doch nicht so! Die beiden hatten Sie in der Hand und haben Ihnen buchstäblich die Pistole auf die Brust gesetzt. Sie mussten unterschreiben."

„Ich bedaure nicht, dass es die beiden erwischt hat. Aber ich habe sie nicht umgebracht. Da müssen Sie sich schon einen anderen suchen."

„Wo waren Sie vorletzte Woche in der Nacht von Donnerstag auf Freitag?"

„Was weiß ich. Wissen Sie immer, wo Sie waren? Wo werde ich schon gewesen sein? Vermutlich lag ich im Bett."

„Kann das jemand bezeugen?"

„Schön wäre es, aber leider, bedaure. Ab sofort sage ich kein Wort mehr. Entweder Sie nehmen mich jetzt fest, dann möchte ich meinen Anwalt sprechen. Ansonsten werde ich jetzt gehen."

Ulla deutete zur Tür. „Gehen Sie ruhig. Aber ich habe das Gefühl, dass wir uns bald wiedersehen."

Höbel hatte sich intensiv mit der Akte beschäftigt. Insbesondere hatte er die Fotos eingehend betrachtet, konnte jedoch darauf nichts feststellen, was irgendwie eine Verbindung zu den beiden anderen Fällen darstellte.

Mit dem Brandsachverständigen, einem erstaunlich jungen Mann, der nur wenige Jahre älter als Höbel war, hatte er sich am Brandort getroffen. Das Gebäude war völlig ausgebrannt. Noch war offen, ob man es abriss, was die weitaus kostengünstigere Lösung gewesen wäre, oder wieder herstellte. Das letzte Wort hatten da wohl die Städteplaner oder die Denkmalschützer.

Aufgrund der Spurenlage hätte es genauso gut ein Suizid oder Fremdverschulden sein können. Allerdings war auszuschließen, dass ein Unfall oder ein Versehen vorlag. Das zeigte die Verwendung von Brandbeschleuniger.

Beate Herzberg wohnte im zweiten Stock eines älteren Wohnhauses im Stadtteil Neuendorf. An dem Gebäude waren die Hochwasserstände vergangener Jahre eingezeichnet. Höbel hatte sich vorher telefonisch angekündigt. Auf sein Klopfen öffnete eine Frau, deren Alter er nicht hätte einschätzen können. Aus der Akte wusste er, dass sie achtundvierzig Jahre alt sein musste. Aber sie sah viel älter aus. Die Schatten unter den Augen und die blasse Haut waren Zeugnis dafür, dass sie die Ereignisse der vergangenen Monate noch nicht überwunden hatte. Die brünetten Haare waren mit grauen Strähnen durchflochten. Mit etwas Fantasie konnte man sich vorstellen, dass Frau Herzberg einmal recht hübsch, vielleicht sogar schön, gewesen war. Möglicherweise kam das ja irgendwann einmal wieder.

Die Einrichtung war durchaus hochwertig, auch wenn die einzelnen Möbelstücke der Größe der Wohnung nicht angepasst waren. Vermutlich hatte die Frau früher einmal in einer größeren, gut ausgestatteten Wohnung gelebt und einige Möbel mitgenommen.

Sie bot ihm einen Platz in einem Ledersessel an. „Ich habe Kaffee gekocht. Mögen Sie Milch und Zucker?"

„Danke, ich trinke meinen Kaffee schwarz", erwiderte Höbel. Er trank einen Schluck. „Ich hatte Ihnen ja schon am Telefon angekündigt, warum ich Sie gerne sprechen möchte. Wir untersuchen da in Hachenburg zwei Mordfälle, die durchaus Parallelen zu dem Tod Ihres Mannes aufweisen."

„Hachenburg, das ist der Geburtsort meines Mannes", erklärte sie. „Aber Sie sagten Mordfälle. Da kann es eigentlich keine Parallelen geben. Mein Mann hat sich selbst getötet."

„Warum sind Sie sich da so sicher?", fragte Höbel. „Außer dieser SMS gibt es dafür doch keine objektiven Beweise."

„Mein Mann war verzweifelt, und auch die Umstände seines Todes lassen auf Selbstmord schließen."

„Erzählen Sie", bat Höbel, „und nehmen Sie sich ruhig Zeit."

Höbel hätte erwartet, dass das Gespräch über die vergangenen Ereignisse die Frau eher belasten würde. Aber das Gegenteil schien der Fall zu sein, anscheinend empfand sie es als Erleichterung, noch einmal über alles reden zu können.

„Mein Mann hatte eine kleine Galerie, nichts Besonderes, aber es ging uns gut, einmal abgesehen davon, dass unser Sohn Kevin in seiner Jugend durchaus Probleme bereitete, aber mein Mann hat ihn unter seine Fittiche genommen, und es kam alles wieder ins Lot. Die beiden hingen sehr aneinander. Am Schluss haben sie das Geschäft gemeinsam betrieben. Natürlich war mein Mann immer noch der Inhaber und hatte die letzte Entscheidung, aber das hat er Kevin nie spüren lassen.

Eines Tages hat man Kevin ein bisher nicht veröffentlichtes Gemälde von Ernst Ludwig Kirchner angeboten."

Höbel hatte zwar nicht viel Ahnung von Kunst, aber von diesem Kirchner, einem führenden Mitglied der Künstlervereinigung Brücke, hatte er doch schon gehört.

„Es lag ein Gutachten von einem anerkannten Sachverständigen vor. Auch die Provenienz schien zu stimmen. Es gab sogar Fotos, die die Großeltern des Eigentümers in einem Wohnzimmer zeigten, das mit Möbeln der Zeit kurz vor dem Ersten Weltkrieg ausgestattet war. In dem hing das Gemälde an der Wand.

Eigentlich war die Sache meinem Mann zu groß. Er befasste sich eher mit zeitgenössischer Kunst. Aber Kevin bekniete ihn, doch einmal etwas zu riskieren. Also kaufte er das Werk an, natürlich mit geliehenem Geld, aufgrund der Expertise war das auch kein Problem, um es kurz darauf mit einem schönen Gewinn weiter zu veräußern. Was soll ich Ihnen sagen. Kurz darauf verhaftete man einen Fälscher, von dem unter anderem auch dieser Kirchner stammte. Die Expertise war genauso gefälscht wie das Bild. Die Fotos waren gestellt.

Natürlich verlangte der Käufer sein Geld zurück und darüber hinaus Schadensersatz, denn auch der hatte das Bild bereits weiter verkauft. Aber Bernhard hatte das Geld nicht. Der Käufer, der durchaus fair war, setzte ihm eine Frist. Aber wie das heutzutage so ist, wenn man das Geld braucht, bekommt man es nicht. Die Banken forderten Sicherheiten, die wir nicht hatten. Da erinnerte sich Bernhard an die Freunde aus seiner Schulzeit, mit denen ihn ein dramatisches Erlebnis verband …"

„Was war das für ein Erlebnis? Wenn es in seiner Schulzeit war, kann es ja eigentlich nur in Hachenburg stattgefunden haben", unterbrach Höbel.

„Warten Sie nur ab, darauf komme ich gleich noch. Also, ein Großteil dieser Freunde ist heute finanziell durchaus gut aufgestellt. Bernhard ist bei denen zu Kreuze gekrochen, aber niemand wollte ihm aus der Patsche helfen.

Natürlich wollte der Käufer nicht ewig auf sein Geld warten. So wurde alles bekannt, und Bernhard verlor endgültig seine Reputation.

Kommen wir nun zu dem Ereignis aus der Vergangenheit, was gleichzeitig erklärt, warum ich von einem Selbstmord ausgehe. Mein Mann war mit einigen seiner Mitschüler in einer brennenden Scheune eingeschlossen. Sie hatten alle Todesangst und konnten sich nur mit Mühe befreien. Einer der Jungs ist sogar dabei umgekommen.

Bedingt durch dieses Erlebnis hatte mein Mann zeitlebens ein ambivalentes Verhältnis zu Feuer. Er fürchtete das Feuer, fühlte sich aber immer wieder zu ihm hingezogen. Ich weiß nicht, wie ich es erklären soll. Er hatte so etwas von einem Pyromanen. Deshalb bin ich auch überzeugt, dass er das Feuer gelegt hat, als er keinen Ausweg mehr sah."

Höbel musste das Gehörte erst einmal verdauen. Machten die Worte von Orakel-Karl doch Sinn? War dieses traumatische Ereignis in der Vergangenheit der Ursprung für alles? So recht konnte er nicht daran glauben. Warum erst jetzt? Zweifellos bot das damalige Geschehen eine Erklärung für die Art von Herzbergs Selbstmord. Aber der Auslöser war doch sein Konkurs, den er nicht verkraftet hatte. Viel wahrscheinlicher erschien ihm, dass der Suizid Herzbergs alles in Gang gesetzt hatte. Warum das so war, erschloss sich ihm allerdings nicht. „Kennen Sie die Kinder, die damals dabei waren?"

„Bernhard hat öfter von Ihnen berichtet, allerdings meistens nur die Vornamen genannt. Er hat auch von ihnen gesprochen, als er sie bitten wollte, ihn zu unterstützen. Zwei hatten wohl so eine Firma für alternative Energien. Thomas und Michael hießen die, glaube ich. Dann war da noch Oliver, der bei dem Brand umgekommen ist. Und es gab Dirk, der eine Internetfirma an einen US-Konzern verkauft hat. Von dem hat er sich am meisten versprochen, angeblich hat der damals Millionen verdient. Von den anderen fallen mir die Namen nicht mehr ein. Es waren wohl auch noch zwei Mädchen dabei. An deren Namen kann ich mich nicht erinnern."

„Das war alles sehr aufschlussreich. Ich glaube, Ihre Informationen werden uns weiter helfen, ich darf Sie doch noch einmal behelligen, wenn ich noch Fragen habe?"

Beate Herzberg griff zur Kaffeekanne. „Selbstverständlich, es tut gut, über das alles zu reden. Es ist irgendwie befreiend. Möchten Sie noch Kaffee?"

Höbel wehrte ab. „Der Kaffee ist gut aber stark. Darf ich Ihnen zum Abschluss noch eine Frage stellen? Ihr Sohn Kevin, wie Sie sagten, hat der sich doch sehr gut mit seinem Vater verstanden. Für den muss es doch auch sehr schwer gewesen sein. Was macht er jetzt? In der Galerie kann er ja nun nicht mehr arbeiten."

Sie schüttelte bedauernd den Kopf. „Kevin hat es schwer getroffen. Es macht ihm heute noch zu schaffen. Manchmal erkenne ich ihn gar nicht mehr wieder. Er hat früher schon Sport betrieben, aber inzwischen macht er den geradezu fanatisch. Ich glaube, er will dadurch vergessen."

„Welchen Sport betreibt er denn?", erkundigte sich Höbel.

„Er ist Kickboxer, ein wirklich guter."

„Macht er das professionell, oder wovon lebt er heute?", fragte er.

„Er ist Türsteher im Agostea."

„Das kenne ich", erklärte er, „ich war auch einige Male dort. Lebt er hier bei Ihnen?"

„Bei mir ist es viel zu eng. Er ist bei Freunden untergekommen."

„Unser Koblenzer Kollege hat doch Erstaunliches ausgegraben, das unsere Fälle durchaus in einem anderen Licht erscheinen lässt", berichtete

Ulla, nachdem sie ausführlich mit Höbel am Telefon gesprochen hatte.

„Der Junge hat was drauf", erklärte Leyendecker, nachdem er sich alles angehört hatte. „Ob das alles in neuem Licht erscheinen lässt, weiß ich nicht. Zumindest wirft es Fragen auf. Mir kann niemand erzählen, dass Birgit Herbst nicht gewusst hat, dass sich Herzberg an Ihren Mann und andere von dem Ereignis Betroffene gewandt hat. Nachdem Herbst und Halfer ebenfalls durch Feuer umgekommen waren, mussten doch bei ihr alle Klingeln angehen. Zumindest musste sie das doch hinterfragen und konnte nicht so einfach zum Alltag übergehen. Warum hat sie uns gegenüber nichts erwähnt?"

„Ich denke, wir müssen die Dame noch einmal eingehend befragen. Willst du dabei sein?"

„Klar will ich dabei sein. Das erledigen wir jetzt sofort."

„Zu Frau Herbst", sagte Leyendecker.

„Tut mir leid", erwiderte die freundliche junge Dame, „Frau Herbst ist in einer wichtigen Besprechung, bei der ich sie nicht stören darf. Wenn Sie warten möchten, ich weiß allerdings nicht, wie lange es dauern wird."

Bevor Leyendecker antworten konnte, spürte er Ullas Hand auf seinem Unterarm. „Lass mich mal! Mir ist es egal, ob Frau Herbst eine wichtige Besprechung hat. Unsere Zeit ist auch kostbar, und wir haben schon zu viel unnütz davon verbraucht, weil die Dame uns Informationen vorenthalten hat. Ich nehme an, sie ist in ihrem Büro."

Ulla stürmte zur Treppe, und Leyendecker blieb nichts anderes übrig, als ihr zu folgen. Er sah noch aus den Augenwinkeln, wie die junge Frau zum Telefon griff.

Ulla klopfte kurz gegen die Bürotür und öffnete, ohne eine Antwort abzuwarten.

Birgit Herbst legte soeben den Hörer auf. In Ihrem Zimmer saßen zwei asiatisch aussehende Männer. Sie machte eine bedauernde Handbewegung in Richtung der beiden. „Tut mir leid, eine unvorhergesehene Unterbrechung. Ich bin sicher, es dauert nicht lange."

Der eine der beiden Männer übersetzte. Leyendecker nahm an, dass das wohl Mandarin war.

„Vielleicht nehmen Sie zwischenzeitlich in unserer Kantine einen kleinen Imbiss oder Drink zu sich."

Der andere, offenbar der Chef, schien etwas verärgert zu sein, denn er brummelte einige Worte in seiner Sprache vor sich hin. Trotzdem geleitete die Chefin der Herbstwind die beiden hinaus, um kurz darauf zurückzukehren.

„Was soll das?", schimpfte sie. „Ich werde mich über Sie beschweren!"

„Das können Sie sofort", sprach Ulla, „ich habe meinen Vorgesetzten gleich mitgebracht."

Für kurze Zeit hatte Birgit Herbst ihre Fassung verloren. Gleich darauf war sie jedoch wieder die kühle und beherrschte Geschäftsfrau. Sie deutete auf die beiden Sessel vor ihrem Schreibtisch. „Was ist denn so wichtig, dass Sie die Besprechung unterbrechen mussten?"

„Der Name Bernhard Herzberg sagt Ihnen doch sicher was", erklärte Ulla.

„Der Bernd, natürlich sagt der Name mir etwas, wir sind zusammen zur Grundschule gegangen. Danach haben wir uns etwas aus den Augen verloren. Soweit ich weiß, ist er doch vor etwa einem halben Jahr verstorben", erklärte sie, ohne irgendeine Emotion zu zeigen.

„Wir haben Informationen, dass Herzberg kurz vor seinem Tod Ihren Mann, Michael Halfer und vermutlich auch Sie, aufgesucht hat", fasste Ulla nach.

„Er war da", bestätigte sie, „und welche Schlussfolgerungen ziehen Sie daraus?"

„Können Sie uns sagen, was er von Ihnen gewollt hat?", versuchte Leyendecker einzugreifen. Aber Ullas Blick sagte ihm, dass er wohl besser die Klappe halten sollte. Wie es schien, war das inzwischen eine Privatfete der beiden Ladys geworden. Weshalb Ulla so überreagierte, wusste Leyendecker nicht. Offenbar schien sie die coole Geschäftsfrau nicht ausstehen zu können, was ihm bisher noch nicht aufgefallen war. Aber irgendwie amüsierte ihn das. Er zog sich in die Rolle des stillen Beobachters zurück.

„Sagen Sie schon! Was wollte er?", hakte Ulla nach.

Birgit Herbst zuckte verächtlich die Achseln. „Was wollte er schon, was so viele wollen, Geld."

„Und hat er Geld bekommen?", erkundigte sich Ulla.

„Hat er nicht. Wir haben zu schwer dafür gearbeitet, um es in eine marode Galerie zu stecken."

„Und kurz darauf hat er sich umgebracht. Danach werden Ihr Mann und dessen Partner getötet, ebenfalls durch Feuer. Da ist Ihnen nie die Idee gekommen, dass ein Zusammenhang bestehen könnte? Sie hielten es nicht für nötig, uns darüber zu unterrichten?"

„Ich hielt das nicht für wichtig."

„Überlassen Sie es in Zukunft uns, zu beurteilen, was wichtig ist."

„War's das jetzt?", fragte sie ungerührt, „ich kann die beiden Herren nicht warten lassen."

„Nein, das war es noch nicht", entgegnete Ulla, „die beiden Herren werden sich wohl noch etwas gedulden müssen. Wir haben durch Sie schon genug Zeit verloren. Aber wenn Ihnen das lieber ist, können wir Sie vorladen und das Gespräch morgen bei uns in der Dienststelle fortsetzen."

Da sie keine Antwort erhielt, fuhr sie fort: „Angeblich verbindet Herbst, Halfer und Herzberg ein dramatisches Erlebnis aus der Kindheit. Vermutlich wissen Sie auch davon und haben uns nichts gesagt."

„Allerdings weiß ich etwas davon. Ich war dabei. Aber ich sehe nicht, welche Verbindung es da geben soll."

„Wie ich schon sagte, überlassen Sie das uns! Berichten Sie einfach, was geschehen ist!"

„Wir haben als Kinder, Sie wissen ja, wie Kinder manchmal sind, einen Brand verursacht. Leider ist dabei ein Junge, er hieß Oliver, zu Tode gekommen."

„Wer war daran beteiligt?", fragte Ulla. „Wir müssen überprüfen, ob da ein Zusammenhang besteht."

„Lassen Sie mich überlegen. Vier von denen die damals dabei waren, sind tot."

„Und alle durch Feuer umgekommen", ergänzte Ulla. „Glauben Sie da an Zufall?"

„Wollen Sie sagen, dass nach vierzig Jahren jemand Jagd auf die Überlebenden des Brandes macht? Das klingt doch eher nach einem amerikanischen B-Film."

„Das mag wirklich im Augenblick absurd klingen, aber wir müssen alles untersuchen."

„Also gut. Da waren außer mir noch Jürgen Schramm. Soweit ich weiß, lebt er heute irgendwo in Süddeutschland. Er hat damals Bäcker gelernt. Was er heute macht, weiß ich nicht. Dann noch Petra Gärtner. Wie sie heute heißt, weiß ich ebenfalls nicht. Ich glaube, sie hat einen Amerikaner geheiratet und ist ihm in die Staaten gefolgt. Ja, und da ist noch Dirk Basting. Obwohl ihm das niemand zugetraut hätte, er war eher der Klassenclown als das Mathegenie, hat der richtig Karriere gemacht. Er hat ein Informatikstudium abgebrochen und eine dieser Internetfirmen gegründet, die er vor etwa fünfzehn Jahren an einen US-Konzern veräußert hat. Er hat damals Millionen eingesteckt. Seitdem hat er sich zwar noch an einigen Start-ups beteiligt, aber seine wesentliche Beschäftigung besteht heute darin, sein Handicap beim Golf zu verbessern."

„Du warst aber heute recht aggressiv", stellte Leyendecker fest, als sie das Firmengebäude der Herbstwind verließen. „Gibt es dafür einen Grund?"

„Mir gehen einfach diese aalglatten, blasierten Weiber auf den Geist. Du bist doch genauso. Du redest doch auch immer von den Herren in den bunten Röcken. Nur bei einer attraktiven Frau scheint dir so etwas nicht aufzufallen."

Leyendecker wusste, dass es jetzt wenig sinnvoll war, dieses Thema zu vertiefen. Er fragte deshalb: „Was ist eigentlich aus der Sache mit dem Überfall auf Vielbach geworden?"

Sie machte eine wegwerfende Handbewegung. „Der hat den Mund nicht aufgemacht. Ich musste ihn nach Hause schicken. Ich glaube, es wird nicht lange dauern, dann braucht er wieder unsere Hilfe. Die beiden Kerle, die ihn überfallen haben, haben lediglich ihre Namen genannt und einen Anwalt gefordert. Sie gehören zum Umfeld einer Unterweltgröße namens Luca Antic aus Neuwied. Offiziell betreibt er einen Importhandel mit Waren aller Art aus China. Inoffiziell hat er seine Hände in allem, was mit illegalem Glücksspiel, Wetten etc. zu tun hat. Man hat zwar schon einige seiner Gefolgsleute verhaftet, aber die haben eisern geschwiegen. Offiziell hat er eine blütenweiße Weste. Für die beiden wurde U-Haft angeordnet. Sie sitzen beide auf der Karthause. Wie ich unser Rechtssystem kenne, wird zumindest der, der sich mit Karlchen angelegt hat, bald wieder auf freiem Fuß sein. Nur ich kann mich wieder mit allen möglichen Formularen befassen und dumme, sinnlose Fragen beantworten, weil ich von der Waffe Gebrauch gemacht habe."

„Das bist du doch schon gewohnt", antwortete er und grinste.

Lars Höbel wollte sich Kevin Herzberg nicht gleich als Polizeibeamter zu erkennen geben. Er stand daher etwas abseits und beobachtete den Eingangsbereich des Agosteas. Er brauchte sich nicht zu erkundigen, bei welchem der beiden Türsteher es sich um Herzberg handelte. Eine gewisse Ähnlichkeit mit seiner Mutter war nicht von der Hand zu weisen. Herzberg war vielleicht eins neunzig groß und schlank. Den eleganten und kraftvollen Bewegungen sah man den trainierten Sportler an. Seine Tätigkeit verrichtete er ruhig und souverän. Er lächelte die Besucher freundlich an. Höbel glaubte jedoch, dabei keinerlei Gefühlsregung zu erkennen.

An diesem Abend wurden nur wenige Besucher abgewiesen, meistens handelte es sich um Betrunkene. Bis auf einige kleinere Wortgefechte gab es jedoch kaum Streitigkeiten. Irgendwie flößten Herzberg und sein Kollege, ein mächtiger Hüne von etwa zwei Metern, allen den nötigen Respekt ein.

Die friedliche Stimmung änderte sich jedoch, als drei Männer auftauchten, die Höbel vom Sehen kannte. Er hatte bisher nicht dienstlich mit ihnen zu tun gehabt. Er wusste jedoch, dass sie zu einem Clan gehörten, dessen Mitgliedern zahlreiche schwere Straftaten zu Last gelegt wurden.

Ohne den Türsteher eines Blickes zu würdigen, schritt der Erste an Herzberg vorbei, der ihm jedoch ganz ruhig die Hand auf die Schulter legte.

„Was soll das? Nimm deine Flossen da weg!", befahl der Neuankömmling verächtlich.

„Für euch ist hier kein Zutritt", erklärte Kevin, ohne auch nur die Stimme zu erheben.

„Du scheinst nicht zu wissen, mit wem du es hier zu tun hast. Geh aus dem Weg, oder wir machen dich fertig!"

„Ich weiß sehr wohl, mit wem ich es zu tun habe", antwortete Herzberg. Er blieb dabei völlig gelassen. „Ihr könnt euren Dreck woanders verhökern. Hier jedenfalls nicht."

Zunächst war der Mann völlig verblüfft, so als sei etwas völlig Unmögliches geschehen. Dann verzerrte sich sein Gesicht. In seiner Hand erschien urplötzlich ein Messer, mit dem er in einer fließenden Bewegung zustach.

Der Türsteher machte einen kaum merklichen Schritt zu Seite, und der Stoß ging ins Leere. Gleichzeitig packte er das Handgelenk des Angreifers mit der linken Hand, während er seinen rechten Arm als Hebel benutzte und den Ellenbogen des Angreifers heftig überdehnte. Mit einem Schmerzensschrei ließ der Neuankömmling das Messer fallen.

Nun schalteten sich die beiden Begleiter ein. Jeder ergriff von hinten einen Arm des Türstehers und versuchte, den auf dessen Rücken zu biegen.

Die Bewegungen waren so schnell, dass Höbel sie kaum wahrnahm. Herzberg befreite sich scheinbar mühelos aus der Umklammerung. Mit einer kaum sichtbaren Kombination streckte er beide Männer nieder.

Der Erste versuchte, nach dem Messer zu greifen, aber der Türsteher sah ihn nur aus kalten Augen an, woraufhin er davor zurückschreckte und es liegen ließ. Nachdem er seinen beiden Kumpanen auf die Beine geholfen hatte, machten die drei sich fluchend und Rache schwörend davon, während sich Herzberg, als sei nichts geschehen, in aller Ruhe den weiteren Besuchern zuwandte.

Höbel hatte noch nie einen so schnellen Kämpfer erlebt. „Das war großartig!", rief er, und spendete klatschend Beifall.

Kevin quittierte das mit einem leichten Kopfnicken und einem kaum wahrnehmbaren Lächeln.

Als sich der Besucherandrang gelegt hatte, trat Höbel zu dem Türsteher. „Eine beeindruckende Vorstellung. Es macht Freude, einem Profi zuzusehen, der die Kunst des Kämpfens in so eindrucksvoller Weise beherrscht."

„Nicht der Rede wehrt." Er machte eine abschätzige Handbewegung. „Die drei waren nur Laufkundschaft. Sie verstehen etwas von Kampfsport?"

Höbel wehrte ab. „Nicht wirklich. Ein paar Jahre Ho Sin Do."

„Warum haben Sie aufgehört?"

„Ich weiß nicht. Die Schule, die Frauen,."

„Aber Sie haben weiter Sport getrieben. Wie es aussieht, sind Sie doch recht gut beieinander."

„Es stimmt, ich treibe nach wie vor Sport", bestätigte Höbel. „Laufen, Schwimmen, Tennis, von allem ein bisschen."

„Keine Lust, es noch einmal Mann gegen Mann zu versuchen?"

Höbel wusste nicht, worauf Herzberg hinaus wollte. Allerdings hatte er das Gefühl, dass dieser Mann vielleicht hinter den Morden in Hachenburg steckte. Höbel traute ihm durchaus zu, dass er den Tod seines Vaters gerächt hatte. In der Lage dazu war er allemal. Er musste Herzberg besser kennenlernen, also ging er auf dessen Ansinnen ein. „Warum nicht?", erklärte er.

„Du kannst dir ja alles einmal ansehen. Wenn du mitmachen willst, sind auch noch ein paar Euros zu verdienen. Ich habe morgen frei. Wir treffen uns morgen Abend zehn Uhr, hier an dieser Stelle."

Kapitel 7

Sie hatte Dirk Basting nicht zu Hause angetroffen. Auch seine Frau war nicht da. Allerdings war die Nachbarin recht auskunftsfreudig. Die schaute über den Zaun und erkundigte sich, was Ulla denn von den Bastings wolle. Sie hatte Ulla als Polizeibeamtin erkannt und platzte vor Neugier. Obwohl Ulla sie da im Dunkeln ließ, erzählte sie freimütig. Frau Basting sei in Urlaub, irgendein Wellnesshotel, diesmal wohl in Andalusien. Eigentlich sei Frau Basting so gut wie immer unterwegs, während der Hausherr die meiste Zeit auf dem Golfplatz verbringe. Da sei er vermutlich auch jetzt. Jedenfalls habe sie heute Morgen gesehen, dass er seine Golftasche in den Wagen geladen hätte.

Ulla sah sich auf der Terrasse der Dining Range des Golfclubs Westerwald um. Basting saß unter einem der großen Sonnenschirme und hatte ein Weizenbier vor sich stehen. Gekleidet war er mit einem weißen Polo-Shirt und einer jener karierten viertellangen Hosen. Ulla hatte eigentlich geglaubt, diese Art Beinkleid sei längst aus der Mode gekommen. Als sie vor vielen Jahren Golf erlernt hatte, trugen die meisten schon etwas modischere Hosen. Die schwarz-weißen Golfschuhe ergänzten dieses Outfit.

Der Träger dieser antiquierten Kleidung machte allerdings den Eindruck, dass er durchaus im Hier und Jetzt lebte. Ulla sah sich einem durchaus attraktiven Mann gegenüber. Seine blonden, gelockten Haare zeigten an den Schläfen die ersten grauen Strähnen. Er war braun gebrannt. Um seine hellblauen Augen zeigten sich die ersten kleineren Fältchen, was seine Attraktivität durchaus betonte.

Er stand auf, als Ulla auf ihn zukam. „Hallo Frau Stein, ich hoffe, Sie wollen zu mir. Ich wollte Sie schon immer einmal persönlich kennenlernen. Nehmen Sie doch bitte Platz. Darf ich Ihnen etwas zu Trinken bestellen, und bitte seien Sie jetzt kein Spaßverderber und sagen: Nein, ich bin im Dienst."

„Danke für Ihr Angebot", antwortete Ulla, während sie sich setzte. „Ich bin tatsächlich im Dienst. Aber bei dieser Hitze ist ein Weißbier das durchaus passende Getränk, gibt´s das auch etwas kleiner?"

Sie warteten, bis die Kellnerin die Bestellung gebracht hatte. „Auf Ihr Wohl", sagte Basting und hob sein Glas. „Sie brauchen nichts zu sagen. Ich kann mir denken, warum Sie zu mir kommen. Mein Schuljahrgang gehört offenbar zu einer gefährdeten Spezies." Er fand das wohl ziemlich lustig und lachte laut. Ulla konnte seine blütenweißen Zähne bewundern.

„Sie sollten das nicht auf die leichte Schulter nehmen", warnte sie. „Wir wissen leider noch nicht, um was es dem Mörder eigentlich geht. Er versucht nicht, die Taten in irgendeiner Form zu verheimlichen. Man kann eher sagen, dass er sie präsentiert. Und er hinterlässt Zeichen. Bei Herbst und Halfer wurde eine Euromünze gefunden. Eine unserer Thesen ist, dass der Täter auf die griechische Mythologie hinweisen will. Der Obolus, der Lohn des Fährmanns, der die Toten über den Fluss bringt. Sagt Ihnen das etwas?"

„Diese griechische Mythologie sagt mir schon etwas. Mehr allerdings nicht. Aber das ist eine schöne Idee. Es zeigt, dass die Polizei durchaus Fantasie entwickeln kann."

„Sie nehmen das immer noch nicht ernst", bedauerte Ulla. „Es geht hier nicht um ein harmloses Ratespiel. Ein anderer Gedanke ist, dass jemand Rache für den Tod von Bernhard Herzberg genommen hat. Es heißt, dass er sich an seine alten Schicksalsgenossen gewandt und um deren Hilfe gebeten hat. Er war vermutlich doch auch bei Ihnen?"

Basting machte eine ausladende Bewegung mit beiden Armen. „Wenn Sie wüssten, wer sich schon alles an mich gewandt hat, seit sich rumgesprochen hat, dass ich meine Firma für einige Millionen verkauft habe. Allein für die Beantwortung der Bettelbriefe hätte ich eine eigene Sekretärin benötigt."

„Es geht hier nicht um die allgemeinen Bettelbriefe, sondern um einen Bekannten, der Sie um Hilfe gebeten hat."

„Sie haben recht, Frau Stein. Ich wollte das nicht ins Lächerliche ziehen. Bernds Tod ist sehr bedauerlich. Keiner konnte ahnen, dass der sich gleich das Leben nimmt. Ich weiß nicht, ob Sie mich verstehen. Als ich zu dem unfassbar vielen Geld kam, habe ich mir vorgenommen, keinem dieser Bittsteller nachzugeben, das hätte nämlich eine Flut weiterer nach sich gezogen. Statt dessen spende ich jedes Jahr erhebliche Summen an soziale Organisationen und Vereine, ohne viel Aufhebens davon zu machen. Ich suche mir diejenigen aus, von denen ich glaube, dass das Geld dort gut investiert ist. Gleichzeitig hat das noch den angenehmen Nebeneffekt der Steuerersparnis."

„Haben Sie danach noch einmal etwas aus dem Umfeld Herzbergs gehört? Haben sich Angehörige gemeldet?"

„Nein, gibt es einen bestimmten Anlass für diese Frage?"

„Nicht direkt. Herzberg hat einen Sohn. Er ist nicht verdächtig, aber Sie sollten in alle Richtungen die Augen offen halten. Sonst fällt Ihnen nichts ein, was uns irgendwie weiter helfen könnte?"

Basting schüttelte den Kopf. „Leider nein, dass wir damals als Kinder ein dramatisches Erlebnis hatten, wissen Sie ja bereits, das meinten Sie doch wohl mit dem Wort Schicksalsgenossen, aber sonst. Mir fällt da nichts weiter dazu ein."

„Ich lasse Ihnen meine Karte hier, zögern Sie nicht, mich anzurufen, wenn Ihnen doch noch etwas einfallen sollte. Alles kann wichtig sein. Und danke für das Bier."

„Auch wenn es mit dem Fall nichts zu tun hat?", hörte er nach.

„Es geht ausschließlich um den Fall", antwortete Ulla, konnte aber ein leichtes Grinsen nicht verbergen.

Höbel kannte die Nummer nicht, die auf dem Display seines Handys erschien. Auch als sich eine Anna meldete, musste er zunächst überlegen. Dann fiel es ihm ein. Diese Anna war eine der jungen Frauen, die dunkelhaarige, die er im Gasthof zur Sonne kennengelernt hatte. Sofort spürte er sein schlechtes Gewissen, hatte er sich doch ihre Nummer gespeichert und versprochen, sie wieder anzurufen. Sie habe gerade Zeit. Ob man sich denn nicht noch einmal treffen wolle, erkundigte er sich. Eigentlich war er recht erfreut. Allerdings passte es ihm heute nicht, schließlich hatte er sich doch mit Kevin Herzberg verabredet. „Heute Abend bin ich dienstlich unterwegs", erklärte er, „aber morgen könnten wir uns sehen. Möchtest du hier nach Koblenz kommen?"

Damit war sie einverstanden, und er nannte ihr die Adresse seiner kleinen Wohnung, die er angemietet hatte.

Er hatte sich den ganzen Tag den Kopf zerbrochen, was er von der Einladung Herzbergs halten sollte, war aber trotzdem pünktlich beim Agostea erschienen.

Herzberg war schon da. „Da bist du ja", begrüßte er ihn, „wir werden in wenigen Minuten abgeholt."

Kurz darauf hielt ein schwarzer Van, und der Fahrer forderte sie auf, hinten einzusteigen. Die Scheiben des Fahrzeugs waren verdunkelt, sodass man nicht nach draußen sehen konnte. Auch hinter dem Fahrer befand sich ein solcher Sichtschutz. Drinnen saß ein zweiter Mann in einem dunklen Anzug mit Sonnenbrille. „Waffen, Handys, sonstige Elektrogeräte?", erkundigte er sich.

Höbel war das alles nicht geheuer, und er verstand nicht, was diese Frage sollte. In was war er denn hier geraten? Schließlich war er Polizeibeamter, und hier ging offensichtlich etwas Illegales vor sich. „Ich habe mein Handy dabei", antwortete er.

„Schalten Sie es bitte ab und händigen es mir aus. Sie erhalten es später wieder."

„Was soll das? Ich denke nicht daran", weigerte er sich.

„Mach bitte, was er sagt", bat Herzberg. „Es ist eine Vorsichtsmaßnahme. Die Veranstaltungen finden immer an einem anderen Ort statt. Wir waren schon an den verschiedensten Stellen. Einmal waren wir sogar unter Tage in einem ehemaligen Schieferbergwerk. Ich denke, das war wohl in der Eifel. Am abgefahrensten war allerdings diese ehemalige Kirche. Aber meist sind wir in irgendwelchen Industriegebäuden oder Lagerhallen. Damit diese Orte nicht in letzter Minute verraten werden, ist das alles notwendig."

„Will mir nicht mal jemand erklären, was hier eigentlich abgeht. Wo fahren wir hin, und was soll diese Geheimniskrämerei?", erkundigte sich Höbel.

„Beruhige dich. Das wirst du alles nachher sehen", beschwichtigte Kevin. „es ist ohnehin, eine Ausnahme, dass ich dich mitbringen darf. Ich habe gesagt, dass du daran interessiert bist mitzumachen."

Dafür müsste ich erst einmal wissen, um was es hier geht, dachte Höbel. Er war neugierig und gab dem Mann daher trotz der Bedenken, die er hatte, sein Handy, der ihn daraufhin mit einem Gerät untersuchte, das man von den Flugreisen kennt, wenn man die Sicherheitsschleuse durchquert.

Es schien alles in Ordnung zu sein, denn der Mann klopfte an die Scheibe des Fahrers. Woraufhin dieser den Motor startete und sich in den Verkehr einreihte.

Sie waren etwa eine halbe Stunde gefahren, ehe sie anhielten. Vorher hatte der Mann, der sie begleitete, noch zwei Plastikarmbänder, die mit einem Strichcode versehen waren, ausgedruckt.

Dies seien ihre Eintrittskarten, erklärte Herzberg ihm.

Als sie ausstiegen, standen sie vor einer Lagerhalle. Der Van, der sie gebracht hatte, wendete und fuhr davon. Am Eingang der Halle sahen sie einen weiteren Anzugträger. Herzberg ging auf ihn zu. Der Mann scannte den Strichcode ein. „Einer der beiden Hauptakteure des heutigen Abends", begrüßte er Herzberg. „Ich hoffe, es geht Ihnen gut. Viel Glück heute Abend. Wen haben Sie uns denn noch mitgebracht?"

„Ein Freund, er will eventuell mitmachen. Das ist abgesprochen."

Als der Wachposten auch Höbels Code überprüft hatte, gab er den Weg frei, und sie betraten die Halle. Darin befanden sich Regale mit Gitterboxen, die man so platziert hatte, dass sie mit der Wand des Gebäudes ein Quadrat von etwa sieben mal sieben Meter abgrenzten. Die Vorderseite bildete ein Stahlgitter, in das eine Tür eingelassen war. Die Regale waren nur etwa drei Meter hoch und oben mit einem Holzboden abgedeckt. Darauf hatte man so etwas wie ein Regiepult installiert. Auf der anderen Seite standen einige wenige Sessel. Offenbar für wenige Zuschauer. Das Viereck war durch acht Scheinwerfer taghell ausgeleuchtet und in jeder Ecke war eine bewegliche Kamera installiert. Eine weitere Kamera zeigte auf ein elektronisches Display, das jetzt jedoch ausgeschaltet war. An der Gegenseite hatte man mit Tüchern acht Kabinen abgetrennt. Eine dieser Kabinen wies man ihnen zu. Darin stand eine Metallliege mit Kunstlederbezug. Hinter den Kabinen führte ein schmaler Gang zu den Sanitärräumen des Personals.

Inzwischen war Höbel klar, wo er sich hier befand. Hier wurden Kämpfe ausgetragen. Vermutlich dieses Ultimate Fighting, bei dem die verschiedensten Kampfsportarten vertreten sind, und bei dem es so gut wie keine Regeln gibt. Ihn wunderte, dass es keine Zuschauertribünen gab. „Findet das hier alles ohne Zuschauer statt?", erkundigte er sich. „Ich dachte diese Art Veranstaltung finanziert sich durch die Wetten der Zuschauer."

„Die sind hier einen Schritt weiter", erklärte Herzberg. „Du hast doch die Kameras gesehen. Die Kämpfe werden via Internet in die ganze Welt übertragen. Gleichzeitig kann man live auf den jeweiligen Kampf wetten. Die Veränderung der Quoten wird auf dem Display angezeigt. Überall sind Wettanbieter, natürlich illegale, angeschlossen. Angeblich boomt das Geschäft hauptsächlich im Fernen Osten. Man benötigt keine direkten Zuschauer mehr."

Höbel musste das erst einmal sacken lassen, da kam auch schon ein kleiner älterer Mann mit einem weißen Kittel und einem Stethoskop um den Hals herein. „Mach dich mal frei, mein Junge", forderte er Herzberg auf. Er hörte die Lunge ab. „Huste mal", bat er. „Das hört sich doch ganz gut an. Sonst keine Krankheiten oder Beschwerden? Dann frohes Schaffen", sagte er, als Kevin den Kopf schüttelte.

Das ist nun eine eingehende sportärztliche Untersuchung, dachte Höbel. „Kommen wir nun zu dir, junger Mann. Du willst also mitmachen, dann brauche ich etwas Blut von dir. Er band Höbels Arm ab und holte eine Spritze hervor, die doch tatsächlich noch in Plastik eingeschweißt war. „Wir haben ja nicht viele Regeln", erklärte er, „aber Leute mit HIV oder Hepatitis können nicht teilnehmen. Ansonsten lassen wir so gut wie jeden kämpfen."

Zwischenzeitlich kündigte ein Ringsprecher unter dem Johlen von Zuschauern den ersten Kampf an. Höbel schaute Herzberg fragend an.

„Kommt alles vom Band", erklärte er. „Schau es dir ruhig an."

Er schob die Planen beiseite. Tatsächlich waren außer zwei mächtigen Fleischbrocken, die aufeinander einhieben, und dem Ringrichter, lediglich zwei Männer zu sehen, die das Regiepult bedienten. Auf der gegenüberliegenden Seite saß ein circa sechzigjähriger, kräftiger Mann mit grauen Haaren und grauem Schnurrbart. In seiner Begleitung war eine auffallend hübsche Blondine."

„Das ist der Chef von allem", erläuterte Herzberg.

Höbel prägte sich das Gesicht des Mannes genau ein. Ansonsten konnte er der Darbietung nichts abgewinnen.

Kevin zog sich sorgfältig Handbandagen an. „Die sind zwar nicht Vorschrift, aber du solltest immer welche benutzen", informierte er. „Ansonsten ist die Gefahr sehr groß, dass du dir die Finger oder die Handwurzelknochen brichst."

Der Kampf der beiden Kolosse dauerte überraschenderweise sehr lang. Er wurde eher durch Erschöpfung des einen Kandidaten beendet, als dass eine wirkliche Schlagwirkung festzustellen war.

„Kommen wir jetzt zum Hauptkampf des Abends", ertönte aus dem Lautsprecher.

„Es geht los", sagte Herzberg und stand auf. „Sieh genau hin. Da kannst du sicher noch etwas lernen."

„Der Kämpfer, der diesen Kampf gewinnt, ist berechtigt, den seit drei Jahren ungeschlagenen Meister des Halbschwergewichts, den Sensenmann, herauszufordern.

Wir rufen in den Ring, den absoluten Newcomer dieser Saison. Er hat alle seine bisherigen Kämpfe gewonnen. Er schlägt zu und ist im nächsten Augenblick wieder verschwunden. Keiner kann ihn wirklich fassen. Begrüßen Sie mit mir: das Phantom!"

Herzberg nickte leicht mit dem Kopf. Danach betrat er mit einem selbstbewussten Lächeln den Käfig.

„Den nächsten Kämpfer brauche ich eigentlich nicht vorzustellen. Er war bereits letztes Jahr im Finale. Er ist der Einzige, der den Sensenmann bisher am Boden hatte. Er ist bei den Buchmachern mit acht zu drei favorisiert. Herzlich willkommen: Dogo Argentino, die Argentinische Dogge."

Der Mann, der den Käfig betrat, führte an einer Leine seinen Namensgeber, einen jener weißen, muskelbepackten Hunde mit sich, die in den meisten Bundesländern unter die Kampfhundeverordnung fallen. Er selbst war ebenfalls muskelbepackt. Er wirkte schwerer als sein Kontrahent, war aber etwa fünf Zentimeter kleiner. Das narbige Gesicht und die gebrochene Nase erinnerten an viele Ringschlachten.

Der Ringrichter wies die beiden Kontrahenten auf die Regeln hin. Sie waren recht überschaubar. Außer dem Gegner in die Augen zu greifen, war wohl alles erlaubt. Dann gab er den Kampf frei.

Sofort stürzte sich der Argentinier auf seinen Gegner, der ihn jedoch mit einer kaum merklichen Meidbewegung ins Leere laufen ließ und ihm dabei noch einen rechten Haken mitgab.

Auch wenn dieser Schlag kein Wirkungstreffer war, hatte er doch überrascht, denn der Mann schien durchaus verblüfft zu sein, wo der Treffer denn nun hergekommen sie. Mit einer geringschätzigen Handbewegung machte er klar, dass diese Aktion ihm nun wirklich nichts anhaben konnte. Allerdings ließ er sich nicht von der eingeschlagenen Taktik des Frontalangriffs abbringen. Mit tief hinter seinen Fäusten gesenktem Kopf ging er erneut auf seinen Gegner los, der ihn aber mit einer Kombination an den Kopf stoppte, gleich darauf folgte ein Tritt in Richtung Schläfe, dessen Wirkung jedoch durch den Unterarm des Argentiniers gemildert wurde.

Was nun kam, war ein Schlaghagel, der auf die Argentinische Dogge herniederprasselte. Aber der Mann war hart im Nehmen. Die Schläge zeigten kaum Wirkung.

Als Herzberg kurz verschnaufte, sprang der Argentinier ihn vehement an und versetzte ihm einen krachenden Kopfstoß, der ihn zurücktaumeln ließ. Herzberg war sichtlich benommen, was seinem Gegner die Möglichkeit gab, ihn mit kurzen Haken und Ellenbogenschlägen einzudecken. Kevin wurde in eine der Ecken getrieben aus der kein Entkommen schien, denn hier konnte der Argentinier seine überlege Kraft ausspielen. Mit allem, was er hatte, schlug er auf seinen Gegner ein.

Höbel sah das Ende kommen, und kurz darauf sank Kevin auch zu Boden. Aber Höbel traute seinen Augen nicht. Es war keine Schlagwirkung, denn Herzberg befreite sich auf diese Weise aus der misslichen Lage. Der Argentinier bekam erst mit, dass sein Gegner zwischen seinen Beinen hindurchgekrochen war, als der ihn auf die Schulter klopfte. Als er sich umdrehte, landete ein wuchtiger Schlag an seinen Kinnwinkel, dem gleich darauf ein zweiter und dritter folgten.

Völlig bewegungsunfähig krachte er auf den harten Boden.

Frenetischer Beifall setzte ein. Höbel hätte fast vergessen, dass der ja vom Band kam. Auch der Mann mit Schnurrbart und seine junge Begleiterin klatschten.

Herzberg hob nur kurz die Arme. Höbel glaubte zu erkennen, dass das alles ihn langweilte.

Der Argentinier musste ungeheuer hart im Nehmen sein. Höbel konnte es gar nicht glauben, als der in Kevins Rücken mühsam auf die Beine kam, um dann leicht schwankend einen kurzen Moment zu verharren. Dann stürmte er los. Ehe sich Herzberg versah, hatten ihn die kräftigen Arme seines Gegners im Würgegriff.

Höbel wusste nicht, wie er das machte, aber gleich einer Schlange gelangte Herzberg mühelos aus der Umklammerung, um dann mit einer Dreierkombination den Kampf endgültig zu beenden.

„Das war einfach Klasse", spendete Höbel beeindruckt Anerkennung. „Ganz große Kampfkunst."

Man hatte Herzberg einen Eisbeutel gereicht, um die Stelle zu kühlen, wo ihn der Kopfstoß getroffen hatte. Ansonsten war ihm keinerlei Anstrengung anzumerken. Kevin winkte ab. „Das war einfach. Der Dogo Argentino wird alt und langsam. Seine Schläge sind leicht auszupendeln. Seine Zeit ist wohl vorbei."

„Wie geht es denn nun weiter?", erkundigte Höbel sich.

„Ich nehme an, man fährt uns gleich zurück. Aber erst ist Zahltag."

Kurz darauf kam auch der südländisch aussehende Mann seine Begleitung, die Herzberg auf die Wange küsste, zu Ihnen. Er überreichte Herzberg einen Umschlag. „Das war großartig. Zählen Sie nach. Sie haben sich jeden Euro verdient."

„Das brauche ich nicht. Bisher hat es noch immer gestimmt, warum sollte das jetzt anders sein."

Der Mann nickte. „Darauf können Sie sich verlassen. Wo das herkommt, gibt es noch mehr. Ich glaube, Sie sind jetzt reif, den großen Meister herauszufordern. Ich bin sicher, man fiebert diesem Fight schon entgegen." Er wandte sich an Höbel. „Das wäre doch eine Gelegenheit für Ihren ersten Kampf, junger Mann."

Höbel war nicht sehr erbaut, an so einem Spektakel teilzunehmen. Aber irgendwie wollte er auch Herzberg weiter im Auge behalten, und das war nun einmal die beste Gelegenheit, sein Vertrauen zu erlangen. „Ich würde mich freuen", erklärte er und hatte ein ungutes Gefühl.

„Mach dir keine Gedanken", sagte Herzberg, als der Mann gegangen war. „Für die Anfängerkämpfe rekrutieren sie immer irgendwelche Amateure. Wenn du wirklich an jemand gerätst, der dir überlegen ist, bleib einfach liegen."

Als man sie nach Koblenz zurückgebracht hatte, ging gerade Sonne auf. „Wir könnten sehen, ob wir irgendwo noch ein, zwei Bier bekommen", schlug Herzberg vor. „Ich habe zehntausend Euro in der Tasche. Das muss gefeiert werden."

Aber Höbel wollte sich noch ein paar Stunden aufs Ohr legen und in der Frühe das Erlebte mit seinen Kollegen besprechen. Außerdem würde heute ja auch noch Anna kommen.

Kapitel 8

„Da sind Sie an einer ganz großen Sache dran", stellte Schultz fest, als Lars ihm von den Vorgängen der letzten Nacht berichtete. „Es gab bereits verschiede Hinweise darauf, dass im gesamten nördlichen Rheinland-Pfalz Kämpfe dieser Art stattfinden, aber wir bekamen nie einen Fuß in die Tür, was Ihnen ja offenbar gelungen ist. Sie müssen unbedingt dran bleiben. Sie sind unsere einzige Verbindung.

Die Burschen sind aber auch raffiniert. Dass die Kämpfe immer an verschiedenen Orten stattfinden, kannten wir ja schon. Aber dass dies dann auch noch praktisch unter Ausschluss der Öffentlichkeit geschieht, ist wirklich neu. Bisher haben die Zuschauer durch ihre Wetten einen wesentlichen Anteil zu Finanzierung beigetragen. Dass noch nicht einmal die Kämpfer den Ort kennen, ist doch sehr überraschend. Das ganze Geschäft ist globaler geworden. Hier hat die internationale Wettmafia ein weiteres Betätigungsfeld entdeckt.

Man hat vor sechs Wochen in der Nähe von Daun den Leichnam eines jungen Mannes gefunden, dessen Verletzungen auf einen Zweikampf mit blosen Fäusten schließen lassen. Vermutlich haben wir es mit einem Opfer dieser gewissenlosen Personen zu tun."

„Was schlagen Sie vor?", erkundigte sich Lars.

„Nun erstmal bleiben Sie an diesem Herzberg dran. Das ist im Moment die einzige Verbindung, die wir haben."

„Das hätte ich ohnehin gemacht. Was ist, wenn die mich zum nächsten Kampf abholen?"

Schultz zögerte einen kurzen Moment. „Wenn Sie wissen, wann Sie abgeholt werden, rufen Sie uns an. Wir verwanzen Sie dann und folgen Ihnen. Wenn wir Glück haben, können wir die ganze Bande hochnehmen."

„Sie wissen schon, dass wir gefilzt werden?", gab Höbel zu bedenken.

„Dafür haben wir unsere Spezialisten. Die werden das schon so anstellen, dass niemand etwas merkt. Vielleicht ein Peilsender im Schuh oder etwas Ähnliches."

Lars war nicht so überzeugt wie sein Gegenüber, aber er gab sich zunächst mit der Erklärung zufrieden.

„Ich kann mir vorstellen, mit wem wir es zu tun haben." Schultz tippte auf seiner Tastatur und drehte dann den Bildschirm in Höbels Richtung. „Kennen Sie den Mann?"

„Unverkennbar, das ist zweifellos der Mann, der bei den Kämpfen dabei war und der bezahlt hat."

„Dachte ich mir doch, dass er das persönlich macht und keinen seiner Domestiken beauftragt. Das ist Luca Antic. Der hat überall seine Finger drin, wenn es um illegale Wetten oder Glücksspiel geht. Bisher konnten wir ihm nie etwas nachweisen. Mit Ihrer Hilfe wird das hoffentlich anders werden."

„Wir bleiben in Verbindung", versprach Höbel, als er das Büro verließ.

Genauso musste er mit Kevin Herzberg in Verbindung bleiben. Dafür hatte er ja jetzt zwei Gründe. Zum einen musste er abklären, ob der Tod Bernhard Herzbergs wirklich der Auslöser für die Morde an Herbst und Halfer war. Sein Verdächtiger Nummer eins war immer noch Kevin, obwohl er inzwischen fast so etwas wie Sympathie für den jungen Kämpfer empfand. Er glaubte allerdings nicht, dass es dem genauso ging. Ihm schien es, als sei er zu keinen wirklichen Gefühlen fähig. Ob die Ursache hierfür nun der Tod seines Vaters war, konnte Höbel natürlich nicht sagen, denn er kannte den Mann ja erst seit wenigen Tagen.

Aber selbst wenn Höbel mit seiner Theorie falsch lag, mussten doch die illegalen Kämpfe und die damit verbundenen Wetten unterbunden werden. Allein schon, um weitere Opfer zu vermeiden.

„Unser junger Kollege hat eine ganze Menge herausgefunden", erklärte Ulla, als sie telefoniert hatte.

Leyendecker wusste sofort, dass sie Höbel meinte. „Es war ja auch an der Zeit, dass er sich wieder einmal meldet. Kommt er bald wieder nach hier?"

„Vorläufig wohl nicht. Für ihn ist der Sohn des Galeristen, der sich vor rund einem halben Jahr mitsamt seinem Geschäft angezündet hat, verdächtig. Das Motiv soll Rache sein."

Ulla berichtete Leyendecker ausführlich, was Höbel inzwischen ermittelt hatte.

„Da könnte etwas dran sein", stellte Leyendecker fest. „Aber so recht kann ich daran nicht glauben. Aber es ist eine Spur, die weiter verfolgt werden muss. Wir hatten ja vereinbart, gegebenenfalls zweigleisig zu fahren. Und dann sind ja da noch diese illegalen Kämpfe. Wenn die Täter durch ihn gefasst werden, hat er die ersten Schritte auf der Karriereleiter schon gemacht. Es wäre ihm zu gönnen. Der Junge ist wirklich gut."

„Ist dir eigentlich aufgefallen, dass sich hier wieder ein Kreis schließt? Hinter diesen Kämpfen soll dieser Luca Antic stecken. Die Männer, die sich Alexander Vielbach zur Brust genommen haben, werden ebenfalls dem Umfeld dieses Mannes zugeordnet."

„Was meinst du? Ist dieser Vielbach immer noch verdächtig, Herbst und Halfer umgebracht zu haben?"

„Ich kann mir das nicht vorstellen. Dazu besitzt der einfach nicht den nötigen Mumm. Wie der geschrien hat, als ich den einen in die Schulter geschossen habe."

„Was ist denn mit dieser Sekretärin, die angeblich Geschäftsgeheimnisse verraten hat?"

„Die scheidet meines Erachtens auch aus. Die Vorwürfe gegen sie waren wohl berechtigt. Inzwischen arbeitet sie bei besagter Firma in einem besser dotierten Job. Das war vermutlich von Anfang an so ausgemacht. Sie hat einfach kein Motiv."

„Wie es scheint, bleiben uns außer der Spur, die Höbel verfolgt, nur die Kinder aus der Scheune, so vage das auch immer ist. Viele sind es ja nicht mehr, aber diejenigen, die noch leben, müssen zumindest gewarnt werden."

„Glaubst du, unser Täter ist unter diesen Kindern zu finden?"

„Ich weiß nicht. Jedenfalls scheinen sie zumindest gefährdet. Hat man denn inzwischen alle aufgetrieben?"

„Da ist zum einen Birgit Herbst. Mit der haben wir ja nun alles ausführlich besprochen. Mir ist nach wie vor nicht klar, welche Rolle die hier spielt. Dann gibt es diesen Dirk Basting. Du weißt, das ist der, der seine Internetfirma für Millionen verkauft hat. Mit dem habe ich geredet."

„Und?"

„Für einen Millionär ein sehr sympathischer Mensch. Weißt du, er ist so der Typ Sunnyboy. Er scheint die ganze Sache nicht ernst zu nehmen. Er hat unmöglich etwas mit den Morden zu tun. So kann ich mich nicht täuschen. Aber vielleicht ist er gefährdet. Ich könnte ja wieder einmal etwas golfen gehen und ihn dabei im Auge behalten."

„Das könnte dir so passen", erklärte Leyendecker. „So wie du ihn beschreibst, würde ihm das vermutlich auch gefallen. Was ist mit den anderen? Ich glaube zwei sind es noch."

„Ganz recht. Jürgen Schramm, das ist dieser Bäcker, der ins Allgäu gezogen ist, den haben die Kollegen aufgetrieben. Er arbeitet nicht mehr als Bäcker, Mehlallergie, sondern bei der Touristinformation Pfronten. Es gibt keine Anhaltspunkte dafür, dass er in den letzten Jahren noch Verbindungen nach Hachenburg hatte.

Die Einzige, die man noch nicht gefunden hat, ist diese Petra Gärtner. Die scheint in den USA zu leben."

„Irgendwie kommen wir nicht weiter, aber ich weiß nicht, was wir noch tun sollen. Auf irgendeinen Zufall hoffen, oder auf das nächste Opfer warten. Das ist alles so unbefriedigend."

„Vielleicht ist die Serie ja auch schon zu Ende."

„Dann erwischen wir den vermutlich nie, es sei denn, Kollege Höbel hat recht."

Höbel erwartete Anna vor dem Haus. Als er einen älteren Twingo mit WW-Kennzeichen sah, winkte er und wies ihr den Weg zum Hinterhof, wo sie parken konnte.

„Ich freue mich, dass ich dich wiedersehe", sagte er etwas steif, als sie aus dem Auto stieg.

Er wusste nicht so recht, wie er sich verhalten sollte.

Aber sie ließ erst gar keine Beklemmung aufkommen. Sie umarmte ihn und gab ihm einen intensiven Kuss. „Da bin ich", sagte sie. „Ich habe eine Woche frei. Hilfst du mir mit dem Koffer?"

„Das freut mich." Er freute sich wirklich. Trotzdem kam das natürlich überraschend, denn er hatte ja nun noch etwas zu tun, und er wollte Anna eigentlich nicht in seine Arbeit hereinziehen. „Ich glaube nicht, dass ich mich die ganze Zeit um dich kümmern kann. Du weißt, die Arbeit."

„Das macht doch nichts. Ich kann mich sehr gut allein beschäftigen. Hier und da wirst du ja wohl etwas Zeit übrig haben."

Seine Wohnung, die im ersten Stock lag, war für zwei Personen eigentlich zu klein, aber für eine Woche würde es schon gehen. Er hatte nur einen kleinen Kleiderschrank, zudem war der schlecht aufgeräumt. Zur Not musste sie die eine Woche aus dem Koffer leben. „Im Augenblick hätte ich etwas Zeit", sagte er. „Was möchtest du denn gerne unternehmen?"

„Schlag du etwas vor. Du kennst dich doch hier aus."

„Ob du es glaubst oder nicht, obwohl ich schon einige Zeit hier in Koblenz wohne und arbeite, bin ich noch nie mit der Seilbahn gefahren."

„Dann wäre doch jetzt die Gelegenheit, das nachzuholen. Ich würde mich freuen."

„Dann sind wir uns ja einig. Dann machen wir uns mal auf den Weg. Sie startet am Konrad-Adenauer-Ufer, unweit des Deutschen Ecks. Von der Festung Ehrenbreitstein hat man einen tollen Ausblick über Koblenz. Nachdem wir uns die Festung angesehen haben, fahren wir wieder zurück und suchen uns in der Altstadt ein gemütliches Lokal zum Abendessen. Danach schaun wir mal, was der Abend noch so bringt."

Basting war ja so berechenbar. Jeden Abend verließ er gegen zwanzig Uhr die Dining Ranch. Er fuhr nicht nach Hause, zumindest nicht, wenn seine Frau wieder einmal in der Welt unterwegs war, was ja meistens der Fall war. Was sollte er auch zu Hause. Abgesehen davon, dass er kein großer Kochkünstler war, rentierte es sich einfach nicht, für eine Person etwas zuzubereiten. Außerdem saß er gerne in der Gastwirtschaft und sah dem Kommen und Gehen der Gäste zu. Meist suchte er dann ein Speiselokal in der Fußgängerzone oder am Alten Markt auf.

Der Mann war ihm nach dem Verlassen des Golfplatzgeländes gefolgt und hatte gesehen, dass er auf dem Parkplatz gegenüber der Bücherei geparkt hatte.

Wie es schien, hatte Basting heute Appetit auf Flammkuchen, denn er suchte das Gasthaus zum Alten Markt auf, bei dem diese Spezialität in allen möglichen Variationen auf der Speisekarte stand.

Aufgrund früherer Beobachtungen wusste der Mann, dass Basting sich jedes Mal etwa zwei Stunden in dem jeweiligen Lokal aufhielt. Er brauchte nur zu warten.

Zwischenzeitlich war es dunkel geworden. Der Nachthimmel zeigte schwarze Wolken. Es würde heute Nacht wohl noch regnen. Der Mann tastete nach dem Elektroschocker in seiner Tasche. Er würde sich Basting wohl kaum unbemerkt nähern können. Aber das brauchte er auch nicht. Der Überraschungsmoment war auf seiner Seite. Ehe Basting merken würde, was da vor sich ging, hatte der Stromstoß ihn schon ins Reich der Träume befördert.

Da kam er auch schon durch die schmale Gasse. Kurz darauf öffnete die Zentralverriegelung den Porsche Cheyenne und die Innenraumbeleuchtung ging an.

Er duckte sich hinter den daneben geparkten Daimler und nahm den Elektroschocker zur Hand. Bastings Weg würde an ihm vorbeiführen.

Er wollte sich gerade erheben und den einen Schritt auf ihn zumachen, als da diese weibliche Stimme rief: „Warten Sie, Herr Basting!"

Wo kam die denn nun her?

Basting hielt inne und schaute zurück. Er sah die Kellnerin, die ihn eben bedient hatte, aufgeregt winkend. „Sie haben Ihre Kreditkarte liegen gelassen."

Basting lachte. „Wie blöd von mir."

Die junge Frau kam zu ihm hin und reichte ihm die goldene Karte.

Basting kramte in der Tasche, um der aufmerksamen Bedienung noch eine kleine Anerkennung zu überreichen.

„Lassen Sie mal", wehrte die ab. „Ihr Trinkgeld war mehr als reichlich."

„Dann beim nächsten Mal", versprach Basting. „Haben Sie vielen Dank."

Die junge Frau wartete noch kurz, bis ihr Gast ins Auto gestiegen war, und winkte ihm hinterher.

Der Mann wusste, dass sich bald wieder eine Gelegenheit bieten würde.

Sie hatten den Tag mit der Köln-Düsseldorfer auf der Mosel verbracht. Obwohl die meisten Passagiere im Rentenalter schienen, hatten sie sich doch sehr wohl an Bord gefühlt. Es war sehr entschleunigend, mit dem Schiff entlang der malerischen Orte und Weinberge zu gleiten. In Cochem waren sie kurz von Bord gegangen, um etwas zu essen, um dann in Richtung Koblenz zurückzufahren.

Anna hatte sich gerade geduscht und cremte sich vor dem Badezimmerspiegel das Gesicht ein. Obwohl sie Sonnencreme mit einem hohen Lichtschutzfaktor verwendet hatte, zeigte sich doch eine leichte Rötung. Da hörte sie an Höbels Wohnungstür ein leises Klopfen.

„Das ist ja eine Überraschung", sagte Lars, als er die Tür öffnete. „Komm herein, was führt dich zu mir?"

„Es ist soweit", vernahm Anna. Die Stimme kannte sie. Sie gehörte dem jungen Mann, den Höbel ihr vor zwei Tagen vorgestellt hatte. Wenn sie sich recht erinnerte, hieß der Kevin Herzberg.

„Ich verstehe nicht. Was ist soweit?", hörte sie Höbel sagen.

„Dein erster Fight und mein Kampf um die Meisterschaft."

„Das kommt aber jetzt sehr überraschend. Ich hätte doch gedacht, dass man uns früher benachrichtigt hätte."

„Du weißt doch. Das dient alles der Geheimhaltung. Komm einfach mit. Man wartet unten auf uns."

Anna wollte sich gerade zu erkennen geben, da hörte sie Lars sagen. „Meine Freundin, du hast sie neulich kennengelernt, wollte heute wieder nach Koblenz kommen. Ich muss sie doch wenigstens benachrichtigen."

Höbel wollte ihr wohl zu verstehen geben, dass sie unbemerkt bleiben sollte, auch wenn sich ihr der Sinn dessen nicht erschloss. Außerdem hatte sie keine Ahnung, um welche Kämpfe es sich handelte. Lars hatte ihr nichts in dieser Richtung erzählt. Aufmerksam hörte sie weiter zu.

„Ich habe Anweisung, dich nicht mehr telefonieren zu lassen. Du weißt doch, manchmal sind die richtig paranoid. Deiner Freundin wirst du das schon irgendwie erklären können. Dir fällt schon was ein."

Eigentlich glaubte Anna ja, dass Lars sich weigern würde, aber zu ihrer Überraschung hörte sie ihn sagen: „Na gut, ich werde ihr das schon irgendwie erklären können."

Gleich darauf wurde die Wohnungstür zugezogen.

Anna verließ augenblicklich das Bad. Höbels Handy lag auf dem Wohnzimmertisch. Freiwillig trennte sich heute doch niemand von diesem lebenswichtigen Utensil. Anna war völlig verunsichert, was sie denn nun unternehmen sollte. Durchs Fenster sah sie, wie die beiden unten in einen schwarzen Van mit abgedunkelten Scheiben stiegen.

Einer plötzlichen Eingebung folgend, zog sie in aller Eile ihre Sportschuhe an und eilte nach unten zu ihrem Twingo.

Vor lauter Aufregung würgte sie erst einmal den Motor ab.

Als sie aus dem Hinterhof kam, war der Van nicht mehr zu sehen. Aber sie hatte ja gesehen, in welche Richtung er stand, also war es naheliegend, dass er in diese Richtung gefahren war.

Aber bereits bei der nächsten Kreuzung musste sie sich wieder entscheiden. Sie hielt sich einfach geradeaus. Und sie hatte Glück, bei der nächsten Ampel sah sie das Fahrzeug wieder. Zwischen ihr und dem Van standen fünf Autos.

Sie konnte bei der nächsten Grünphase zusammen mit ihm über die Kreuzung fahren.

Sie ließ immer etwas Abstand zu dem Wagen, obwohl sie nicht glaubte, dass ihr alter Twingo die Aufmerksamkeit der Verfolgten erregen würde.

Als sie über die Europabrücke fuhren, dachte sie schon, dass ihr Weg in Richtung Autobahn führen würde. Kurz darauf bestätigte sich das, und der Van verließ die B9 in Richtung Frankfurt. Nun konnte sie ein wenig entspannen, denn auf der Autobahn konnte sie das verfolgte Fahrzeug nicht so leicht aus den Augen verlieren, sie musste lediglich aufpassen, dass sie keine Ausfahrt verpasste. Allerdings musste sie das Gaspedal voll durchtreten, um folgen zu können.

Nachdem sie die Autobahn gewechselt hatten und der Van dann in Mogendorf abfuhr, wurde es naturgemäß etwas komplizierter. Sie musste dicht genug dranbleiben, um mitzubekommen, in welche Richtung der Wagen mit Höbel und Herzberg fuhr. Andererseits würde hier ein alter Twingo mit Westerwälder Kennzeichen noch weniger auffallen.

Sie war schon ganz gespannt, wo der Weg sie hinführen würde, denn weit konnte es ja nun nicht mehr gehen. Trotzdem war sie total erstaunt, als sie in Höhe Herschbach auf die B413 in Richtung Hachenburg einbogen.

Die Fahrt musste irgendwie mit Höbels Arbeit zusammenhängen. Schließlich hatte der ja damals als Polizist in Hachenburg zu tun. Aber damals war es doch um den Tod von diesem Herbst gegangen. Es erschloss sich ihr nicht, was die Fahrt von Koblenz in Richtung ihrer Heimatstadt damit zu tun haben sollte.

Kurz bevor sie Hachenburg erreichten, verlangsamte der Fahrer und setzte rechts Blinker. Er verließ die Bundesstraße und bog in Richtung des Ortsteils Altstadt ab.

Das Ziel musste nun ganz nahe sein, denn schließlich war die Ortsdurchfahrt gesperrt.

Da wurde der Van nochmals langsamer und bog auf das Gelände des ehemaligen Versandhandels Brigitte-Geschenke ein. Die Gebäude standen seit längerer Zeit leer. In dem ehemaligen Ladengeschäft zur Lindenstraße hin sollte demnächst ein Chinarestaurant eröffnet werden. Aber für den weitaus größten Teil der Gebäude, die Büros und die großen Lagerflächen, wurde immer noch ein neuer Verwendungszweck gesucht. Der Van fuhr rechts an dem Gebäudetrakt vorbei und hielt vor dem großen eisernen Tor des mittleren Gebäudes. Sie konnte gerade noch sehen, wie das Tor aufschwang und das Fahrzeug auf den Hof fuhr.

Dorthin konnte Anna naturgemäß nicht folgen. Sie hielt ein paar Schritte weiter vor dem Königreichssaal der Zeugen Jehovas. Jetzt war sie dem Fahrzeug von Koblenz bis in ihre Heimatstadt gefolgt, wusste aber nicht, was sie jetzt machen sollte.

Höbels Kollegen würden wohl am ehesten wissen, was nun zu tun wäre.

Ullas Handy klingelte. „Wir haben hier eine junge Frau", meldete sich der Wachhabende. „Es geht da um den Kollegen aus Koblenz, Kriminalkommissar Höbel."

Ulla Aufmerksamkeit war gleich geweckt. „Was will sie denn?"

„Sie sagt, Höbel sei in Koblenz von einem dunklen Van abgeholt worden."

„Ich kann mir denken, um was es geht", erklärte Ulla. „Sie soll sofort die Kripo in Koblenz anrufen. Federführend ist ein Kriminalrat Schultz. Die Angelegenheit ist wichtig."

„Sie ist dem Fahrzeug bis nach hier gefolgt."

„Die sind hier in Hachenburg?", staunte Ulla. „Wir kommen sofort."

Christoph Leyendecker stand wieder einmal am Herd, um sich irgendwas zu kochen.

„Beeil dich, wir müssen sofort los!", rief sie ihm zu, „und vergiss nicht, den Herd auszumachen!"

Es war eine dumme Idee gewesen. Lars Höbel gelangte immer mehr zu dieser Erkenntnis. Er wusste nicht genau, wie lange sie unterwegs gewesen waren. Er konnte nur schätzen, vielleicht zwischen einer halben und einer Stunde. Als man anhielt, fuhren die Seitenscheiben herunter. Höbel konnte so eine Art Pförtnerhäuschen erkennen, aus dem ein Anzugträger an den Wagen trat. Er überprüfte mit einem entsprechenden Gerät die Codes an ihren Handgelenken. Offenbar schien alles in Ordnung zu sein, denn der Mann nickte zustimmend und deutete nach vorn. Dann vernahmen sie so eine Art Quietschen, so als würde ein Tor aufgehen.

Kurz darauf forderte man sie auf, den Wagen zum verlasen. Sie standen auf dem Hof eines Industriegebäudes. Ihr Wagen fuhr davon, und hinter ihm schloss sich ein schweres eisernes Tor. Eine mehrstufige Treppe führte in das Innere des Gebäudes. Wäre Höbel etwas zurückgetreten und hätte nach rechts geschaut, hätte er wohl den Schriftzug *Brigitte International* gelesen. Vielleicht hätte er dann gewusst, wo er sich befand.

Aber was hätte ihm diese Kenntnis genutzt? Er hatte keine Möglichkeit, sich mit irgendjemand in Verbindung zu setzen. Er stand dieser Organisation ganz allein gegenüber. Hatte man ihnen nicht immer eingeschärft, dass Eigensicherung oberste Priorität hatte? Das hatte er ja nun gründlich missachtet. Er konnte von Glück sagen, wenn er einigermaßen ungeschoren aus dieser Sache herauskam.

Jedenfalls bestand für ihn keine Chance, die Bande jetzt auffliegen zu lassen. Vielleicht war das später möglich. Aber dafür musste er sich jetzt einem Zweikampf mit einem Unbekannten stellen, wozu er nun wirklich keine Lust hatte.

Das war mit Sicherheit in seiner Tätigkeitsbeschreibung nicht enthalten.

Zunächst hatte er sich ja Hoffnung gemacht, dass Hanna irgendwie die Kollegen von der Kripo Koblenz benachrichtigen würde. Aber wenn er weiter darüber nachdachte, war das doch eher unwahrscheinlich, zumal er ihr doch kein Wort von diesen geheimen Kämpfen erzählt hatte. Aber selbst wenn sie so geistesgegenwärtig gewesen wäre, die Polizei anzurufen, wären sie kaum zu finden gewesen. Das Fahrzeug hatte so gestanden, dass man das Nummernschild nicht erkennen konnte und dunkle Vans gab es ja wie Sand am Meer. Nein, hier hatte er sich durch seine eigene Dummheit in irgendwas hereingeritten, aus dem er nur mit viel Glück einigermaßen ungeschoren herauskommen würde.

An der Eingangstür erwartete sie ein weiterer Anzugträger, der sie ins Obergeschoss brachte. Das Gebäude wurde derzeit offenbar nicht genutzt, alles war leergeräumt. Die Räume, in die man sie führte, waren recht klein und vom Gang her durch Glasscheiben einsehbar. Wurden die einst als Büroräume genutzt? Auch wenn die Landesregierung bei der Ausstattung der Polizei nicht gerade großzügig ist, waren die Räume, in denen sich Höbel und seine Kollegen aufhielten, doch erheblich größer. Hier passte doch höchstens ein Schreibtisch mit PC hinein.

Die Fenster hatte man abgedunkelt, sodass man nicht nach draußen sehen konnte.

Man erklärte Ihnen, dass sie noch etwas warten mussten, da die Übertragung der Kämpfe zu einer festgesetzten Zeit erfolgen würde.

Die Kollegen hatten der jungen Frau einen Kaffee gegeben, obwohl die geröteten Wangen und die Schweißtropfen auf der Stirn zeigten, dass sie keine Anregung des Kreislaufs mehr benötigt hätte. Aber so hatte sie wenigstens irgendeine Art der Beschäftigung. Sie sprang auf, als Ulla und Leyendecker den Raum betraten.

„Behalten Sie doch Platz", bat Ulla. „Mein Name ist Stein, das ist Herr Leyendecker, unser Dienststellenleiter. Wie ich höre, haben Sie uns etwas über den Kollegen Höbel zu berichten. Erzählen Sie!"

Die junge Frau stotterte ein wenig vor Aufregung, als sie antwortete. „Die haben ihn abgeholt und sind mit ihm in einem dunklen Van davongefahren. Ich habe mir gleich gedacht, dass da etwas nicht stimmt, und bin denen hinterher."

„Das war sehr mutig, aber auch leichtsinnig von Ihnen. Aber berichten Sie doch einfach der Reihe nach."

„Also, ich war im Bad, und es hat geklopft. Es war dieser Kevin Herzberg."

„Woher kannten Sie den?", fragte Leyendecker.

„Ich habe ihn einmal gesehen. Lars hat ihn mir vorgestellt. Er ist Türsteher im Agostea, das ist …"

„Ich habe davon gehört", unterbrach Ulla sie. „Fahren sie bitte fort."

„Also dieser Kevin hat zu Lars gesagt, er solle mitkommen, es ginge los. Oder so ähnlich.

Lars schien erst nicht so recht zu wollen. Er hat mir auch zu verstehen gegeben, dass ich mich ruhig verhalten soll. Schließlich hat er dann aber doch nachgegeben und ist diesem Kevin gefolgt. Ich habe mir gedacht, dass das etwas mit seiner Arbeit zu tun hat. Als ich aus dem Fenster blickte, sah ich, wie die beiden unten in ein Fahrzeug eingestiegen sind. Ich wusste nicht, was ich machen sollte. Schließlich bin ich denen dann bis hierher gefolgt. Ich habe gesehen, dass der Van rechts an dem ersten Gebäude von Brigitte-Geschenke vorbeigefahren ist. Sie haben vor dem großen eisernen Tor gehalten. Dahin konnte ich ihnen natürlich nicht folgen und bin nach kurzer Überlegung hierher gefahren."

„Es war gut, dass Sie sich mit uns in Verbindung gesetzt haben", bemerkte Ulla, „Aber jetzt sollten Sie nach Hause fahren. Wir werden uns um alles kümmern. Wenn wir noch etwas von Ihnen wissen wollen, werden wir Sie anrufen. Schalten Sie also bitte ihr Handy nicht aus."

„Was ist da los?", fragte Leyendecker. „Wenn ich Höbel recht verstanden habe, wollten die Koblenzer ihn doch verwanzen, wenn er zu der nächsten Veranstaltung gerufen wurde. Haben sie das nun getan oder nicht? So wie es die junge

Dame erzählt hat, sind die völlig ahnungslos. Ein gefährlicher Alleingang, auf den sich unser junger Kollege da begeben hat."

„Wir müssen uns mit den Kollegen in Koblenz in Verbindung setzen. Hatte nicht einer namens Schultz da die Federführung?"

„Ich kenne Schultz von früher aus meiner Zeit beim LKA. Ich rufe ihn gleich einmal an. Ich glaube nicht, dass er noch im Büro ist, aber vielleicht kann uns ja jemand sagen, wie wir ihn erreichen können."

Schultz war tatsächlich nicht mehr im Büro, obwohl er noch nicht lange fort sei, wie ihnen gesagt wurde. Leyendecker bat um die Handynummer, die man ihm als Kollegen auch bereitwillig gab.

Nach zweimal Klingeln meldete sich Schultz. Er fiel aus allen Wolken, als Leyendecker ihm mitteilte, was da vor sich ging. Er würde gleich seine Einsatztruppe zusammentrommeln und das Mobile Einsatzkommando allarmieren, aber das würde natürlich eine gewisse Zeit dauern.

Leyendecker war nicht bereit, sich damit abzufinden. Er wusste natürlich, dass seine Leute nicht gerade Spezialisten darin waren, einen solchen Einsatz durchzuführen. Aber was bleib ihm anderes übrig. Er wies an, dass sich alle Streifen in der Nähe des Gebäudes platzieren sollten, aber so, dass sie von dort nicht gesehen werden konnten. Außerdem ließ er alle Kollegen allarmieren, die man telefonisch erreichen konnte. Er wies ausdrücklich darauf hin, dass niemand ohne schusssichere Weste an dem Einsatz teilnahm.

„Das ist ein Riesengebäude. Für ihre Kämpfe brauchen die nicht viel Platz, zumal keine Zuschauer vorgesehen sind. Wie sollen wir da wissen, wo sie sich tatsächlich aufhalten"

„Wir müssen irgendwie unauffällig da rein kommen", erklärte Ulla. „Irgendjemand muss doch die Schlüssel haben. Das Gebäude steht zum Verkauf, der Makler hat mit Sicherheit einen Schlüssel. Auch wird es einen Hausmeister geben, der sich nach wie vor um alles kümmert."

„Und wer hat die da rein gelassen?", fragte Leyendecker. „Das war doch wahrscheinlich auch jemand, der die Schlüssel hat. Ob das nun ein Mitarbeiter des Maklers, der Hausmeister oder sonst irgendjemand war, wissen wir nicht. Aber wie schnell ist man an den Falschen geraten."

„Was sollen wir sonst tun?", fragte sie.

„Ich weiß es auch noch nicht. Wir sollten nichts überstürzen. Die Veranstaltung geht ja erst los. Vielleicht müssen wir tatsächlich mit Gewalt dort eindringen. Ich würde ja lieber warten, bis die Spezialisten kommen. Aber ich fürchte, soviel Zeit haben wir nicht. Zunächst bilden wir mal einen Ring um das Gebäude, dass niemand raus oder rein kommt. Ansonsten unternimmt keiner etwas ohne meine ausdrückliche Anweisung."

Leyendecker hatte gerade über Funk die Nachricht erhalten, dass alle Posten besetzt seien, da wurde ein dunkler Van oder SUV mit Neuwieder Kennzeichen aus Richtung Merkelbach kommend gemeldet.

„Sofort anhalten!" befahl er. „Ulla und ich sind gleich bei euch."

Man hatte das Fahrzeug in die schmale Straße, die nach Oberhattert führt, gewinkt. Die Türen waren geöffnet. Starck war gerade dabei, die Papiere zu kontrollieren, während Berger ihn sicherte.

Als Ulla und Leyendecker sich näherten, sahen sie, dass sich außer dem Fahrer ein weiterer Mann in dunklem Anzug und ein Koloss in einem verschlissenen und verschwitzten Jogginganzug befanden.

Schon vor dem Auto rochen sie den Alkoholatem des Dicken. Soweit sie ihn verstehen konnten, beklagte der sich, dass man ihn aus der Kneipe geholt hätte.

Allerdings war auffallend, dass der Mann ein Armband mit Strichcode trug.

„Die Fahrt ist hier zu Ende", sagte Leyendecker, „Sie sind vorläufig festgenommen."

Natürlich nahmen die drei das nicht widerspruchslos hin. Der eine griff zum Telefon, aber Leyendecker nahm es ihm aus der Hand und steckte es ein.

„Sie können auf der Dienststelle telefonieren", erklärte er, „aber nur mit einem Anwalt.

„Wofür hat der Dicke denn den Strichcode an", erkundigte sich Starck. „Wollen die den verkaufen? Für den bezahlt doch keiner etwas."

„Das ist praktisch die Eintrittskarte zu den Kämpfen", erläuterte Ulla. „Den Code überprüfen sie am Eingang. Zumindest hat das Höbel so erklärt."

„Die wollen den doch nicht kämpfen lassen." Starck schüttelte den Kopf. „Der bricht doch spätestens nach einer halben Minute zusammen. Aber da kommt mir eine Idee. Haben wir da nicht so etwas wie eine Eintrittskarte."

„Das ist eine Überlegung wert", bestätigte Leyendecker. „Es fragt sich nur, wie wir die Karte einlösen."

„Ich hätte da eine Idee. Wir ziehen Karlchen die Kleider des Dicken an, und er geht an dessen Stelle dorthin."

„Du bist wohl verrückt!", rief Berger entrüstet. „Das mache ich nicht!"

„Da hast du recht Karlchen. Es reicht, wenn Höbel schon da drin ist. Das ist viel zu gefährlich", stimmte Leyendecker ihm zu.

„So habe ich das nicht gemeint", widersprach Berger. „Ich habe mich nur geweigert, die versifften Klamotten von dem Kerl anzuziehen. Ansonsten finde ich Starcks Idee recht gut."

Leyendecker blieb bei seiner ablehnenden Haltung. „Wie ich bereits sagte, das ist viel zu gefährlich. Wir bringen Karlchen unnötig in Gefahr."

„Was heißt hier unnötig", widersprach Berger. „Wir wissen doch noch nicht einmal, wo die sich tatsächlich aufhalten und wie viele es sind. Das wären doch äußerst wichtig Informationen."

„Und wie willst du uns diese Informationen zukommen lassen? Willst du sie aus dem Fenster lärmen, oder willst du uns anrufen?"

„Ich rufe euch an", erklärte Karlchen.

„Du glaubst also, die lassen dich seelenruhig telefonieren."

„Nicht seelenruhig sondern heimlich. Wenn ich das alles richtig verstanden habe, wurde der Kerl doch vorher gefilzt, sonst hätte er doch nicht dieses Armband an. Die haben doch keine Veranlassung, mich noch mal zu durchsuchen."

„Und du willst anstelle dieses Kerls in den Ring steigen?"

„Dazu wird es nicht kommen. Wenn die den jetzt erst bringen, ist er sicher für einen späteren Zeitpunkt vorgesehen. Ich denke doch, bis dahin haben wir die ganze Sache beendet."

Leyendecker war die Sache immer noch nicht geheuer, aber die drei anderen schienen ja von der Idee recht angetan zu sein. Ihm war schon klar, dass er allein die Entscheidung hatte und die Verantwortung trug, wenn etwas schief ging. Schließlich sagte er aber doch: „Also gut, Karlchen. Du hast es ja nicht weit bis nach Hause. Hol einen Trainingsanzug von dir und komm dann wieder her."

Höbel hatte zwischenzeitlich erwogen, sich als Polizeibeamter zu outen, aber das dann doch als dumme Idee wieder verworfen. Die Kerle hatten bereits jemand getötet und würden sich nicht einfach so ergeben, zumal er ja den Chef identifizieren konnte. Es schien, als würde er nicht um einen Kampf herumkommen.

Seinen mutmaßlichen Gegner hatte er bereits gesehen. Er schätzte ihn als typischen Straßenschläger ein. Er war kahl geschoren. Zahlreiche Piercings und schlecht gemachte Tattoos zierten Gesicht und Körper.

Höbel sah, dass er sich eine Arzneiflasche über den Mund hielt. Bei den Tropfen handelte es sich vermutlich um Tilidin. Einem Schmerzmittel, das häufig Straßengangs verwendeten, die ihm neben der Schmerzbetäubung auch noch eine euphorisierende Wirkung nachsagten. Obwohl es unter das Betäubungsmittelgesetz fiel, war es nach wie vor noch sehr verbreitet.

Höbel bereitete sich schon einmal auf den Kampf vor, indem er jetzt schon seine Bandagen anlegte.

Es hatte keine Viertelstunde gedauert, da kam Berger auch schon in einem dunkelblauen Trainingsanzug zurück.

„Jetzt siehst du deinem Double ziemlich ähnlich", flachste Starck.

„Aber er riecht viel besser", stellte Ulla lachend fest.

„Siehst du, du hättest dir etwas Schnapps überschütten und einen ungewaschenen Trainingsanzug anziehen sollen."

„Schluss mit dem Blödsinn!", befahl Leyendecker. „Die Angelegenheit ist nicht zum Spaßen".

Er drückte Berger ein Handy in die Hand. „Der Akku ist voll, der Rufton ausgeschaltet. Meine Nummer ist unter der Eins gespeichert. Viel Glück, Karlchen, und pass auf dich auf."

„Unkraut vergeht nicht", bemerkte Berger lachend. „Wer fährt mich?"

„Das kann ich machen", schlug Starck vor.

„Du trägst Uniform", lehnte Leyendecker ab. „Ich glaube ja nicht, dass die in den Wagen sehen, aber man kann ja nie wissen. Ich werde dich chauffieren.

„Wartet!", rief Ulla. „Ihr habt das Armband vergessen. „Wir konnten es nicht so einfach abnehmen, sondern mussten es zerschneiden", erläuterte sie Berger, während sie es ihm anlegte. „Aber wir kleben es unten mit Tesafilm zusammen. Den kleinen Riss wird schon keiner sehen. Sie kontrollieren ja nur den Code."

Sie hielten vor dem großen Stahltor, das den Hof absperrte. Leyendecker fuhr die linke hintere Scheibe des Vans herab. Der Anzugträger kam aus seiner Pförtnerloge und überprüfte Karlchens Armband. „Es wurde bereits nach euch gefragt", berichtete er und gab dann den Weg frei.

Sie fuhren vor die Treppe, und Berger stieg aus dem Wagen.

Als Leyendecker losfuhr, sah er im Rücksiegel, dass Karlchen problemlos eingelassen wurde. Soweit hatte also alles geklappt.

Ulla hatte das Handy auf Mithören geschaltet.

„Wo geht es denn nun hin?", fragte Karlchen.

„Warte es doch einfach ab und folge mir", erhielt er zur Antwort. „Wegen dir ist unser ganzer Zeitplan in Unordnung geraten. Da ist dein Zimmer. Mach dich schon mal fertig, du bist gleich dran!"

„Ich dachte, ich käme erst zum Schluss", antwortete Berger. „Ich bin noch nicht so weit."

„Red keinen Stuss, und mach dich fertig!", war die lapidare Antwort.

„Hört ihr mich", erkundigte sich Karlchen, obwohl ihm doch klar war, dass ihm nicht geantwortet würde. „Ihr habt ja mitbekommen, was los ist. Wir sind hier im Obergeschoss. Ich muss das Handy jetzt ausmachen und hier in der Kabine verstecken. Ich melde mich wieder."

„Er wird doch nicht ...?" Ulla schaute Leyendecker, der inzwischen zurückgekehrt war, fragend an.

„Oh doch, er wird", war sich Leyendecker sicher. „Du kennst doch Karlchen."

Er hatte das Telefon gerade in der Jacke seines Trainingsanzugs verstaut, die er in seinem Zimmerchen zurückließ, da wurde er auch schon gerufen.

Der Raum, in den er geführt wurde, sah aus, wie eine ehemalige Kantine. Rechts stand noch die lange Bedientheke.

In der Mitte hatte man einen Metallkäfig aufgebaut. An der linken Seite saßen zwei Männer an einem hochmodernen Mischpult. Auf der gegenüberliegenden Seite sah er einen etwa Sechzigjährigen und eine ganz junge, blonde Frau. Ihre Mine wirkte seltsam starr. Aber wie es schien, lag das nicht an der Anspannung, sondern es hatte sich ein Schönheitschirurg an ihr versucht.

Man führte Berger unter tosendem Beifall in die Mitte des Rings.

Gleich darauf erschien auch sein Gegner. Berger wollte seinen Augen nicht trauen. Es handelte sich um den Bodybuilder, mit dem er bei diesem Alexander Vielbach eingehend Bekanntschaft gemacht hatte. Berger hoffte inständig, dass der ihn nicht erkennen würde. Er wusste, dass seine Chancen da gar nicht schlecht standen, denn viele Leute kannten ihn nicht wieder, wenn er ihnen ohne Uniform gegenüberstand. Berger sah, dass sein Gegner stutzte und angestrengt nachdachte.

Aber das schien keinen Erfolg gehabt zu haben. „Du kommst mir irgendwie bekannt vor, Dicker", raunte der ihm zu. „Aber mir fällt derzeit nicht ein woher. Das spielt jedoch keine Rolle. Wenn wir hier fertig sind, wird dich ohnehin niemand mehr wieder erkennen."

Nachdem man die Kämpfer dem imaginären Publikum vorgestellt hatte, belauerten die sich zunächst gegenseitig.

Karlchens Gegner schickte dann eine linke Gerade los und wunderte sich, dass diese ihr Ziel verfehlte. Statt dessen hatte Berger ihm in die Kniekehle getreten, sodass er mit dem rechten Bein einknickte.

Der Bodybuilder zeigte ein gequältes Lächeln. „Das war wohl Anfängerglück." Da traf ihn Bergers Fußtritt in die kurzen Rippen, und ihm blieb für einen Augenblick die Luft weg.

Berger war selbst erstaunt, dass er noch so hoch treten konnte. Das hier entwickelte sich ja erstaunlich easy.

Der Muskelmann lächelte nun nicht mehr. Auf seinem Gesicht zeigte sich eine finstere Entschlossenheit. Gleichzeitig sah er sich auch veranlasst, etwas mehr auf seine Deckung zu achten. Er duckte sich leicht nach vorn und zog seine Fäuste vors Kinn. Gleichzeitig deckte er mit den Ellenbogen Solar Plexus und kurze Rippen ab. Entschlossen ging er auf seinen Gegner zu.

Karlchen wollte gerade eine Doublette von oben nach unten an den Kopf seines Gegners platzieren, da traf ihn ein linker Haken auf die Leber. Gott sei Dank wurde die Härte des Treffers durch Karlchens Unterarm, den er instinktiv nach unten brachte, etwas gemildert, sonst wäre das wohl das Ende des Kampfes gewesen. Aber auch so war es schmerzhaft genug, um ihn für einen Augenblick bewegungsunfähig und damit wehrlos zu machen. Wie ein Stier stürzte der Kerl auf ihn zu.

Karlchen bekam gerade noch den Ellenbogen nach oben, da krachte sein Gegner auch schon mit voller Wucht dagegen.

Der sah völlig überrascht drein, bevor er auf die Knie sank. Mühsam rappelte er sich wieder auf. „Jetzt weiß ich, woher ich dich kenne". Er deutete auf Berger und rief: „Ich kenne den Kerl! Das ist ein B ...!"

Er kam nicht dazu, das Wort vollständig auszusprechen, da traf ihn Bergers Faust am Kinnwinkel und ließ ihn erneut niedersinken.

Berger war sich nun darüber im Klaren, dass er jeden Moment auffliegen würde. Er durfte daher seinem Gegner keine Gelegenheit mehr geben, auf seine wahre Identität hinzuweisen. Man hatte ihm früher einmal Schläge beigebracht, mit dem man dem Gegner die Besinnung nehmen konnte. Die fielen ihm jetzt wieder ein. Sein erster Schlag traf das Ohr des Bodybuilders, als dieser wieder hochkam, und nahm ihm sofort den Gleichgewichtssinn. Anschließend traf Bergers Handkante die Halsschlagader seines Gegenübers, wodurch die Blutzufuhr zum Gehirn unterbunden wurde.

Völlig von Sinnen sank der Muskelberg auf den Boden.

Unter frenetischem Beifall vom Band deutete Berger eine kurze Verbeugung an und eilte zu seinem Zimmer zurück.

Die Jacke seines Trainingsanzuges lag noch so da, wie er sie zurückgelassen hatte. Eilig zerrte er das Handy hervor und versuchte die Eins zu tippen, was ihm erst nach dem dritten Versuch gelang, da seine ohnehin breiten Finger bei dem Kampf stark angeschwollen waren.

„Seid mal still", bat Leyendecker. "Berger ist wieder dran."

„Hallo, ihr Lieben", hörten sie Karlchens Stimme. „Ich hoffe, ihr könnt mich verstehen. Hier wird gleich die Hölle los sein. Der Kerl, mit dem wir bereits bei diesem Vielbach das Vergnügen hatten, hat mich erkannt. Hätten wir uns ja denken können, dass der im Nu wieder auf freiem Fuß ist. Ich habe ihn eine Zeit lang schlafen gelegt. Aber irgendwann wird der wieder aufwachen. Lasst euch also nicht zu viel Zeit. Soweit ich das überblicke, haben wir es mit folgenden Personen zu tun: Da sind vier bewaffnete Anzugträger. Einer in dieser Pförtnerloge, einer der mich an der Tür empfangen hat und zwei weitere hier oben. Wir sind im ersten Stock, in so kleinen Zimmerchen. Die Kämpfe finden in einer ehemaligen Kantine statt. Dann gibt es noch so einen Alten mit einer jungen Blondine und zwei Techniker, die ein Mischpult bedienen. Der Alte scheint der Chef von dem allen zu sein und natürlich ist da noch dieser Tarzan, den ich ins Reich der Träume geschickt habe. Höbel und Herzberg habe ich bisher nicht gesehen. Sie und ihre jeweiligen Gegner werden aber auch hier sein."

„Wir stürmen!" Leyendecker sah keinen anderen Ausweg.

Eigentlich hatte er in seiner Pförtnerloge nichts mehr zu tun. Alle, die erwartet wurden, waren inzwischen eingetroffen. Seine Aufgabe bestand lediglich darin, die Augen offen zu halten und besondere Vorkommnisse über Funk zu melden.

Da war die hübsche Brünette, die da auf ihn zuschlenderte, eine ganz angenehme Abwechslung. Er grüßte sie freundlich zurück, als sie an ihm vorbeiging.

Zu seiner Überraschung drehte sie jedoch um und kam auf ihn zu.

„Die Pförtnerloge ist ja wieder besetzt. Tut sich hier wieder was?", erkundigte sie sich. „Es wäre ja schön. Es sind doch eine Menge Arbeitsplätze verloren gegangen. Meine Schwester war auch hier beschäftigt, hat Bestellungen entgegen genommen. Das kam ja alles ziemlich überraschend, dass die hier dichtgemacht haben."

Er wusste nicht so recht, wie er sich verhalten sollte. Aber gegen ein Gespräch mit einer schönen Frau hatte er grundsätzlich nichts einzuwenden. „Ich bin von auswärts. Ich weiß genauso wenig wie Sie, wie das hier weiter gehen soll", hielt er sich bewusst vage. Aber etwas Konversation wollte er schon machen. „Was führt Sie denn hierher, junge Frau?, erkundigte er sich und war völlig überrascht, als er in die Mündung einer Pistole blickte.

„Ich habe dafür zu sorgen, dass das Tor geöffnet wird. Machen Sie schon! Und lassen Sie ihre Finger von ihrer Waffe und ihrem Funkgerät!"

Er sah keine andere Möglichkeit, der Aufforderung der Fremden zu folgen und drückte auf den entsprechenden Knopf. Das Tor schwang auf.

„Ihr könnt kommen. Das Tor ist offen", informierte Ulla über Funk die Kollegen.

Kurz darauf kamen drei Streifenwagen über den Hof gefahren und hielten direkt vor der Treppe. Insgesamt sechs Polizisten sicherten Seiten und Rückseite des Gebäudes ab, während die anderen versuchten, in das Gebäude einzudringen.

Sobald der erste Uniformierte denn Knauf der Tür herunterdrückte, zerbarst die Glasscheibe unter der Geschosssalve einer automatischen Waffe. Sie konnten gerade noch über das Treppengeländer springen. Außer, dass sich einer bei dieser Aktion den Fuß vertrat, war Gott sei Dank nichts passiert.

Berger hörte den Muskelmann brüllen: „Der Scheißkerl ist ein Bulle!", da vernahm er auch schon von unten die Salve einer Maschinenpistole. Er rannte die Treppe hinunter.

Der Mann mit der Waffe fuhr ihn an: „Was willst du hier? Mach, dass du wieder nach oben kommst!"

„Was ist denn hier los? Wo ist denn nun der Bulle?", erkundigte er sich und trat einen Schritt näher.

„Das geht die nichts an! Mach einfach, was dir gesagt wird!"

Aber Karlchen war nun dicht genug an den Mann herangekommen. Im Nu hatte er ihm die Waffe entrissen und auf den Kerl gerichtet, den er mit der Aktion völlig überrascht hatte. „Kollegen, nicht schießen! Hier ist Berger! Wir kommen!", rief er. „Los raus! Du gehst voran!", kommandierte er.

Draußen wurde der Mann in Empfang genommen und mit Handschellen in einem der Streifenwagen festgebunden.

„Mir nach!", forderte Karlchen die Truppe auf.

Aber Leyendecker gebot dem Einhalt. „Ohne Schutzweste gehst du nicht mehr da rein. Der Überraschungseffekt ist ohnehin vorbei. Die wissen jetzt, dass wir hier sind. Wenn die vernünftig sind, geben die von selbst auf. Die kommen nicht mehr da raus."

Er lies sich ein Megafon reichen. „Hier spricht die Polizei! Legen Sie die Waffen hin, und kommen Sie einer nach dem anderen mit erhobenen Händen raus. Noch ist nichts passiert. Machen Sie es nicht noch schlimmer!"

Sie warteten, aber sie erhielten keine Antwort. Es machte auch niemand Anstalten, aus dem Gebäude zu kommen.

Als Höbel das Brüllen hörte, glaubte er zunächst, dass mit dem Bullen er gemeint sei. Da aber niemand zu ihm kam, musste wohl noch ein anderer Polizist im Gebäude sein. In seinem kleinen Kabuff hielt es ihn nun nicht mehr. „Komm mit!", forderte er Herzberg auf. „Lass uns nachsehen, was da los ist."

Als sie in die Cafeteria kamen, waren bereits unten die Schüsse zu hören gewesen. Der Ältere blaffte ein paar Befehle, worauf die Anzugträger sich auf den Weg zur Treppe machten. Seine blonde Begleiterin schrie hysterisch. „Halt´s Maul!", knurrte er.

Kurz darauf ertönte Leyendeckers Durchsage.

„Ein Faustkampf unter Männern ist eine Sache", flüsterte Herzberg. „Eine Schießerei mit der Polizei eine ganz andere. Damit will ich nichts zu tun haben."

„Was schlägst du vor?"

„Ich meine, wir sollten hier so schnell wir möglich verschwinden."

„Wie stellst du dir das vor?", erkundigte sich Höbel. „Die zwei Kerle stehen an der Treppe. Glaubst du, die würden uns so einfach an sich vorbeimarschieren lassen?"

„Ich bin überzeugt, dass wir mit denen fertig werden."

Höbel war das nicht geheuer. Andererseits hatte er ja Herzbergs Fähigkeiten kennengelernt. „Also gut", erklärte er sich einverstanden. „Die hegen uns gegenüber ja keinen Verdacht. Wir müssen sie trennen. Einer geht zurück in sein Zimmer, der andere zu den beiden Kerlen und richtet denen aus, dass der Boss einen von ihnen sprechen wollte. So nehmen wir uns einen nach dem anderen vor. Ich gehe und rufe einen."

„Einer von euch soll zum Chef kommen", berichtete er.

„Warum ruft der nicht an?", erkundigte sich der eine misstrauisch.

„Ich glaube, er hat Angst, dass die Polizei mithört. Die sollen da so ihre Möglichkeit haben."

„Also gut, ich komme."

Herzberg trat aus seinem Zimmer, als der Anzugträger daran vorbeiging und ergriff mit beiden Händen dessen Waffe, während Höbel ihn von hinten mit einem Schlag niederstreckte. Bevor der Mann zu Boden ging, fingen sie ihn gemeinsam auf und legten ihn in eins der leeren Zimmer.

„Allzu lang wird der nicht schlafen", bemerkte Höbel. „Wir müssen uns beeilen."

„Was ist denn jetzt noch", fragte der Mann, als die beiden auf ihn zukamen, während er seine

Waffe weiter auf den Treppenaufgang gerichtet hielt."

„Es ist alles in Ordnung", erklärte Höbel, und hielt ihm die Waffe ans Ohr, die er bislang hinter dem Rücken versteckt hatte. „Bleib ganz ruhig. So ist es gut", bestätigte er, während er ihm die Maschinenpistole aus der Hand nahm.

„Wir schaffen den jetzt zu dem anderen. Du hältst beide in Schach", schlug er Herzberg vor, „während ich mir den Chef vornehme."

Luca Antic griff unter seine Jacke, als er Höbel auf sich zukommen sah. Außer ihm waren noch die beiden Techniker, dieser muskulöse Bodybuilder und die blonde Frau im Raum. Aber anscheinend war lediglich Antic bewaffnet.

„Versuchen Sie es gar nicht erst!", befahl Höbel. „Holen Sie die Waffe mit zwei Fingern raus, legen sie auf den Boden und schieben sie mit dem Fuß zu mir."

„So ist es gut", lobte er, als Antic seiner Aufforderung Folge leistete. „Und jetzt leeren Sie Ihre sämtlichen Taschen und zeigen mir ihre Socken! Das gilt auch für die anderen."

Widerstrebend befolgten sie den Befehl.

„Da rein!", befahl Höbel und deutete mit der MP auf den Käfig. „Alle fünf. Die Handtasche der Dame bleibt allerdings hier!"

Danach rief er nach Herzberg. „Alles erledigt! Wenn der eine wieder aufgewacht ist, bring beide her!"

Halte sie in Schach!", bat er Herzberg, nachdem der die beiden anderen Vasallen gebracht hatte, die sie ebenfalls in den Käfig sperrten. „Ich sage unten Bescheid."

„Es ist alles erledigt, Kollegen!", rief er. „Ihr könnt die Kerle jetzt abholen."

„Das ist Höbel!", rief Leyendecker. „Weis der Teufel, wie der das gemacht hat. Geht und holt euch die Burschen! Aber seid vorsichtig."

Sie fanden schließlich auch noch die beiden, die als Gegner für Höbel und Herzberg vorgesehen waren. Die hatten sich still aus allem rausgehalten und folgten den Polizisten widerspruchslos.

Kapitel 9

Leyendecker hatte dem MEK abgesagt, freute sich aber, dass die Koblenzer Kollegen von der Kripo noch erschienen, die dann auch gleich die ganze Bande einkassierten und mit nach Koblenz nahmen. Natürlich würde er noch einen Bericht schreiben müssen, aber die ganzen Verhöre blieben ihnen erspart.

Es war ihm auch egal, wer nun den Erfolg für sich beanspruchte. Der Kollege Höbel hatte durchaus einen erheblichen Beitrag geleistet. Vermutlich würde man ihn zunächst wegen seines Leichtsinns zusammenfalten. Aber letztendlich würde man sich daran erinnern, dass es ihm zu verdanken war, dass diese illegale Wettmafia aufgeflogen war.

Leyendecker war sich sicher, dass die nun folgenden Ermittlungen und Hausdurchsuchungen noch Einiges über illegale Wetten und Glücksspiel ans Tageslicht bringen würden.

Ob man Antic aber mit dem aufgefunden Toten in Verbindung bringen konnte, der allem Anschein nach an Kampfverletzungen gestorben war, bezweifelte er jedoch sehr.

Herzberg war nicht begeistert gewesen, als bekannt wurde, dass Höbel Polizeibeamter war, sah er sich doch hintergangen und ausspioniert. Höbel hingegen hatte gewisse Zweifel an seiner

Theorie bekommen, dass Herzberg der gesuchte Mörder sei.

Als soweit alles erledigt war, informierten sie Anna, die Höbel freudestrahlend abholte. Den Rest der Nacht würden sie gemeinsam in Hachenburg verbringen. Am morgigen Tag wollte Höbel nach Koblenz fahren. Er kündigte jedoch an, dass er sehr bald zurückkehren würde, denn seine Mission in Hachenburg war noch nicht beendet.

Der Einsatz der vielen Beamten hatte Leyendeckers Dienstpläne gehörig durcheinandergebracht. Er wusste bereits jetzt, dass an höherer Stelle über die angefallenen Überstunden gemault würde, sah aber keine Möglichkeit, diese anderweitig einzusparen.

Ulla hingegen musste sich trotz des Erfolges eingestehen, dass ihre eigentlichen Ermittlungen irgendwie festgefahren waren. Sie fand zunächst auch keine neuen Ansatzpunkte.

Balboa schüttelte unwillig den Kopf und gähnte, als er durch Ullas Handy geweckt wurde. Er hatte es sich neben ihr auf der Couch gemütlich gemacht und war sofort eingeschlafen.

Ulla war jedoch wie elektrisiert, als man ihr mitteilte, was geschehen war.

Eine Gruppe junger Männer hatte den Notruf gewählt. Sie hätten im Parkhaus am Alexanderring einen Mann überrascht, der versucht habe, einen gefesselten und geknebelten Mann in ein Auto zu hieven.

Ein Uniformierter empfing sie am Eingang des Parkhauses und zeigte ihnen den Weg. Hinter sich hörten sie die Signale des Notarztwagens. Der Streifenwagen stand neben einem Porsche Cheyenne. Ein paar Schritte entfernt, sahen sie eine Gruppe junger Männer, die aufgeregt gestikulierten.

Als Ulla nähertrat, erkannte sie, dass es sich bei dem am Boden Liegenden um Dirk Basting handelte. Er war an Händen und Füßen mit Klebeband gefesselt. Außerdem verschloss ein Streifen desselben Klebebandes seinen Mund. Offenbar hatte es bisher niemand für nötig gehalten, Fesseln oder Knebel zu entfernen.

Ulla kniete nieder und durchschnitt das Band vor Bastings Mund. Als sie ihm den Mund öffnete, damit er besser Luft bekam, fiel eine Euromünze heraus. Sie fühlte an seine Halsschlagader. Der Puls war regelmäßig und kräftig. An seinem Hals zeigten sich Verbrennungsspuren. Ohne Zweifel stammten die von einem Elektroschocker.

Da war auch schon der Notarzt da. „Soweit ich feststellen kann, ist ihm nichts Gravierendes geschehen. Herzschlag und Atmung sind regelmäßig. Natürlich müssen wir ihn mitnehmen."

„Ich fahre mit ins Krankenhaus", informierte Ulla Leyendecker. „Ich sorge dafür, dass Kleidung, Fesseln und alles was er bei sich hat, sichergestellt werden."

„Mach das." Leyendecker war einverstanden. „Ich höre mal, was uns diese jungen Leute zu sagen haben."

Sie hätten nach dem Fußballtraining noch ein paar Gläser getrunken, der Fahrer aber nur Wasser, betonten sie. Gleich, als sie auf das Parkdeck gekommen seien, der Cheyenne habe ja nicht weit vom Eingang gestanden, hätten sie gesehen, dass eine Tür des Wagens offen stand und sich irgendjemand an etwas zu schaffen machte, das neben dem Auto auf dem Boden lag. Als sie etwas näher kamen, hätten sie gemerkt, dass es sich um einen Menschen handelte. Sie hätten gerufen, daraufhin sei der Unbekannte verschwunden.

Leyendecker erkundigte sich nach dem Aussehen des Mannes.

„Wie sah der schon aus?", erklärte der eine von ihnen. „Dunkle Kleidung, mittelgroß, nicht dick."

Das war nun eine Beschreibung, die auf einen großen Teil der Bevölkerung passte und die den Kreis der Verdächtigen wenig einschränkte. „Aber es war ein Mann", fragte Leyendecker und erntete allgemeines Nicken. „Alt oder jung?"

„Er war recht gut zu Fuß, also war er vermutlich nicht allzu alt."

„Haben Sie sein Gesicht gesehen?"

„Von den jungen Männern schaute einer zum anderen. Alle schüttelten den Kopf. Einer sagte schließlich: „Ich glaube, er trug einen Kapuzenpulli und so etwas wie eine Maske. So wie beim Motorradfahren, eine Sturmhaube vielleicht. Ein Gesicht war nicht zu erkennen."

„Wo ist er hingelaufen?"

„Er ist einfach raus. Wohin haben wir nicht gesehen."

„Sonst noch irgendwas. Bitte denken Sie nach. Es ist wichtig."

Mehr war aus den jungen Männern nicht herauszubringen. Leyendecker bat sie, am morgigen Tag auf der Dienststelle alles zu Protokoll zu geben. Dann rief er die Spurensicherung an. Den Weg nach Hachenburg fanden sie schon längst ohne Navi.

„Wie konnte ich jemals daran zweifeln, dass es einen Himmel gibt", sagte Dirk Basting, als er die Augen öffnete und Ulla erblickte.

Ulla lachte. „Sie können ja schon wieder scherzen. Dann scheint es ihnen ja ganz gut zu gehen."

Basting sah sich um. „Wo bin ich hier? Das sieht aus wie ein Krankenhaus. Was ist passiert?"

„Deshalb bin ich hier", erwiderte Ulla, „das sollen Sie mir sagen."

„Lassen Sie mich überlegen", Basting zögerte einen Moment. „Ich kann mich noch erinnern, dass ich in dieser Pizzeria war und zu Abend gegessen habe. Ich habe ganz normal bezahlt und bin dann gegangen."

„Ist Ihnen jemand gefolgt, oder war sonst etwas auffällig?"

„Nicht dass ich wüsste, aber ich habe ja auch nicht besonders darauf geachtet. Ich hätte wohl besser auf ihre Warnung hören sollen."

„Es ist ja noch einmal gut gegangen, aber erzählen Sie weiter."

„Ich hatte mein Auto in dem Parkhaus am Alexanderring geparkt. Als ich in das Parkhaus kam, habe ich niemand bemerkt. Kurz nachdem ich den Wagen mit der Fernbedienung geöffnet habe, hatte ich irgendwie den Eindruck, dass jemand hinter mir stand. Da habe ich auch schon diesen Schmerz am Hals gespürt. Gleichzeitig hat sich in mir alles verkrampft. Kein schönes Gefühl. Man hat echte Todesangst. Als ich wieder wach wurde, habe ich Sie gesehen."

„Man hat Sie mit einem Elektroschocker flachgelegt und mit Chloroform betäubt", erklärte Ulla. „Aber der Arzt sagt, Sie hätten alles gut verkraftet. Anscheinend ist ihr Herz noch in Ordnung. Vielleicht können Sie schon morgen wieder nach Hause. Sie müssen sich andere Kleidung bringen lassen. Ihre muss ich mitnehmen."

„Sie hätten mich doch ganz normal nach einem Andenken fragen können."

„Machen Sie sich keine falschen Gedanken", antwortete Ulla. „Die Sachen sind für die kriminaltechnische Untersuchung. Erholen Sie sich noch etwas, und passen Sie auf sich auf. Wir werden uns vermutlich noch öfter sehen."

„Ich habe die Aufzeichnungen der Überwachungskameras", sagte Leyendecker. „Wollen wir uns die gemeinsam ansehen?"
„Natürlich gern", bestätigte sie. „Der Kerl ist ganz schön dreist. Es steht doch auf dem Schild, dass das Parkhaus videoüberwacht wird. Hoffentlich können wir etwas erkennen."
„Er will, dass wir ihn sehen. Er ist sich seiner Sache ganz sicher."
„Irgendwann wird ihm seine Dreistigkeit zum Verhängnis."
„Hoffentlich bald. Es ist zwanzig vor elf. Da kommt jemand. Dunkle Kleidung, Kapuze, das könnte er sein."
„Halt mal an, und zoom sein Gesicht näher heran. Schade, er trägt so eine Art Maske. Aber das muss der Täter sein. Er hat eine Einkaufstasche dabei, nichts besonderes, billiges Kunstleder."
„Da steht Bastings Porsche. Er versteckt sich dahinter. Er ist Basting also nicht gefolgt, sondern er wusste, wohin er geht. Er scheint ihn vorher beobachtet zu haben, aber vielleicht kennt er auch nur seine Gewohnheiten."
„Da kommt jetzt Basting. Jetzt hält er ihm den Elektroschocker an den Hals. Er betäubt ihn zusätzlich, indem er ihm etwas auf den Mund hält.

Das Klebeband hatte er in der Tasche, und da steckt er ihm die Münze in den Mund, bevor er ihn zuklebt."

„Jetzt wird er anscheinend gestört. Da sind auch schon unsere Fußballfreunde. Er haut ab. Er scheint es aber nicht besonders eilig zu haben. Das ist alles. Die Tasche hat er mitgenommen. Vielleicht war auch da der Brandbeschleuniger drin."

„Könnte das Kevin Herzberg gewesen sein?", erkundigte sich Ulla.

„Das ist nicht Herzberg", antwortete Leyendecker. „Herzberg ist sicher eins neunzig groß. Der da ist höchstens eins achtzig."

„Du kannst sagen, was du willst", erklärte Ulla. „Irgendwoher kenne ich den Kerl. Ich weiß nur nicht woher. Ich glaube, es ist noch gar nicht so lange her, dass ich dem begegnet bin."

„Zermartere dir nicht den Kopf. Das nutzt nichts. Es wird dir schon wieder einfallen."

„Hoffentlich bald."

Einige Tage später

Leyendecker drückte den in die Wand eingelassenen Klingelknopf.

„Ja?", erklang eine schnarrende Stimme aus dem kleinen Lautsprecher.

Nachdem er sich vorgestellt hatte, ertönte dieses typische Summen, und er konnte die Tür öffnen.

Als er über den Hof schritt, kamen die alten Erinnerungen zurück. Aber darum ging es nicht. Dies war ein neuer Fall, und er wollte ihn heute zu Ende bringen.

Die Hausherrin erwartete ihn an der Haustür und bat ihn hereinzukommen. „Ein unerwarteter Besuch. Ich hoffe, Sie bringen gute Nachrichten."

„Wie man´s nimmt", antwortete er wortkarg.

„Darf ich Ihnen etwas anbieten?"

„Kaffee wäre nicht schlecht, Filterkaffee."

Sie zögerte einen kurzen Moment. „Ich habe da so eine moderne Kaffeemaschine …"

„Normalerweise können die das auch. Zur Not kann man auch Espresso mit heißem Wasser auffüllen. Auch wenn es wirklich nicht das Gleiche ist."

„Ich werde sehen, was ich tun kann. Nehmen Sie doch bitte in der Zwischenzeit Platz. Ich bin gleich zurück."

„Er setzte sich auf das weiße Sofa. Es war immer noch dasselbe wie damals. Bei dem Tisch war er sich da nicht so sicher."

„Milch und Zucker?", rief sie aus der Küche.

„Schwarz", erwiderte er.

Kurz darauf erschien sie wieder. Sie trug zwei Tassen mit Untertassen und Kaffeelöffeln bei sich und stellte die eine vor Leyendecker und die andere, die mit Cappuccino gefüllt war, auf die gegenüberliegende Seite des Tisches.

„Was führt Sie denn nun zu mir?", fragte sie, während sie sich ihm gegenübersetzte und die Beine übereinanderschlug.

„Ich bin gekommen, um Ihnen mitzuteilen, dass wir kurz vor der Aufklärung, nennen wir es ruhig der Mordserie, stehen."

„Das freut mich. Dann wird hoffentlich wieder etwas mehr Ruhe einkehren." Sie sagte zwar, dass sie sich freue, aber in ihren Augen war keine Freude zu erkennen. Leyendecker sah da eher etwas Lauerndes. „Erzählen sie."

Leyendecker rührte mit dem kleinen Löffel eingehend seinen Kaffee um, obwohl das eigentlich nicht nötig gewesen wäre, denn er hatte ja weder Milch noch Zucker. Je länger er rührte, desto unruhiger schien sie zu werden. Er lehnte sich zurück, machte erneut eine Pause und sah sie eindringlich an. „Wir haben eine alte Regel, die wir besser vorher beherzigt hätten. Mag das Verbrechen noch so bizarr wirken, meistens geht es doch um Geld oder Liebe. Und wir haben noch eine Regel: Die meisten Morde werden von nahen Angehörigen ausgeführt."

War da so etwas wie Unsicherheit in ihren Augen zu erkennen? Jedenfalls lächelte sie überlegen. „Ich weiß nicht, was Sie mir mit diesen Allgemeinplätzen sagen wollen."

„Das will ich Ihnen gerne erklären", sagte er und trank einen Schluck. „Der Kaffee ist wirklich gut. Man schmeckt keinen Unterschied zu frisch aufgebrühtem. Wo war ich noch? Ach ja, ich will ihnen zunächst erklären, warum Sie es getan haben."

„Es waren mehrere?", fragte sie dazwischen.

„So hatte ich das eigentlich nicht gemeint. Aber es waren in der Tat mehrere, genauer gesagt zwei. Ich habe allerdings Sie persönlich gemeint, Frau Herbst."

„Jetzt werden Sie aber nicht komisch. Dazu ist die Sache zu ernst."

„Sie haben recht. Mord ist nie komisch. Aber lassen Sie mich weitersprechen, ich war dabei, Ihnen den Grund zu nennen. Oder besser gesagt, die beiden Gründe.

Wie ich vorhin schon sagte, ist eines der häufigsten Motive der schnöde Mammon. Ihr Mann gab das Geld mit vollen Händen aus. Die Firma lebte schon lange von der Substanz, aber Ihr Mann wollte immer weiter wachsen und stopfte mit frischem Geld die alten Löcher. In dieser Form war die Firma nicht mehr zu halten. Sie brauchten dringend jemand, der ihnen zur Seite trat. Im Börsenjargon bezeichnet man so etwas wohl als weißen Ritter. Jedenfalls konnten Sie von Glück sagen, wenn Sie einen Investor fanden, der noch einen einigermaßen erträglichen Preis bezahlte. Sie haben diesen Investor auch gesucht und tatsächlich gefunden. Ich denke, Sie waren sich mit den Chinesen so gut wie handelseinig. Aber Ihr Mann hätte nie und nimmer zugestimmt. Er wollte die Tatsachen einfach nicht sehen. Aus Ihrer Sicht hatten Sie praktisch keine Wahl."

„Sie haben eine blühende Fantasie", erklärte sie spöttisch. „Sie sollten Kriminalromane schreiben, vielleicht Wirtschaftskrimis. Offenbar haben Sie vergessen, dass ich mich zum Zeitpunkt, als mein Mann umgebracht wurde, in Hongkong befand."

„Warten Sie es doch ganz einfach ab. Sie werden schon verstehen, was ich meine. Zu Beginn unseres Gespräches sagte ich, dass meistens Geld oder Liebe das Motiv ist. Kommen wir nun zur Liebe, obwohl ich eigentlich glaube, dass Sie dazu gar nicht fähig sind."

Jetzt werden Sie unverschämt!", brauste sie auf.

„Geschenkt", winkte er ab. „Wie man sagt, war Ihr Mann so ziemlich hinter jedem Rock her, dessen Trägerin unter dreißig Jahren war. In einer Kleinstadt spricht sich so etwas herum. So ganz egal war das Ihnen sicher nicht. Sie sind jemand, der auf seinen Ruf bedacht ist.

Bei Ihnen war es anders. Sie hatten seit Jahren ein Verhältnis mit dem gleichen Mann, was allerdings nur die Wenigsten wussten. Dieser Mann heißt Michael Halfer."

„Was reden Sie da für einen Unsinn? Michael ist tot!"

„Dazu kommen wir später", erklärte er. „Soviel zur Motivlage. Aber Sie haben schon recht, zum Motiv gehört auch immer die Gelegenheit, und die scheint hier nicht gegeben, da sich die eine Verdächtige in China befand und der andere Verdächtige selbst ein Opfer ist."

„Da haben wir es. Sie widersprechen sich selbst." Sie versuchte, das sehr bestimmt zu sagen, aber Leyendecker erkannte trotzdem, dass ihre Stimme brüchig war.

„Ich gebe zu, das war alles sehr raffiniert, und ich habe lange gebraucht, um dahinter zu kommen. Aber gehen wir zum Anfang zurück. Sie haben sich schon lange mit dem Gedanken getragen. Aber als der unglückliche Bernhard Herzberg Selbstmord beging, reifte bei Ihnen ein zugegeben fast genialer Plan. Sie erinnerten sich an die gemeinsame Vergangenheit, den Scheunenbrand. Herzbergs Tod sollte den Beginn einer Serie suggerieren, deren Ursache in dem Brand von damals lag. Das eigentliche Ziel ist aber immer nur ihr Mann gewesen. Sie mussten sich nur ein sicheres Alibi verschaffen. Was ist schon sicherer, als Tausende Kilometer entfernt zu sein?" Leyendecker wollte noch einen Schluck trinken, aber er musste feststellen, dass die Tasse leer war.

„Soll ich Ihnen noch eine Tasse machen?", fragte sie spöttisch. „Das Märchenerzählen macht sicher einen trockenen Hals. Sie werden diesen Unsinn ja noch beweisen wollen."

Leyendecker wehrte ab. Er durfte die Frau jetzt nicht mehr aus den Augen lassen. „Wir haben uns von Anfang an gefragt, warum der Mörder nicht versucht, seine Taten zu verbergen. Wir haben allerdings zu spät erkannt, dass es gerade darum ging, Halfer zu entlasten. Er konnte nicht gleichzeitig Täter und Opfer sein. Letztendlich dienten das Feuer und die Münze nur dazu, Aufmerksamkeit zu erregen und uns in die falsche Richtung zu lenken. Wir haben uns gefragt, warum man den Mann so auffällig bei dem Gedenkstein platziert hat, dass er sofort gefunden wurde. Es ging darum, uns praktisch darauf zu stoßen, dass an seiner Stelle ein anderer verbrannt wurde, und das war Michael Halfer. Das sollten wir zumindest glauben. Ich weiß nicht, ob das mit dem Hufnagelring eine Erfindung von Ihnen war, oder ob sein Urgroßvater tatsächlich einen solchen Trauring hatte. Jedenfalls verschaffte Ihnen der Ring zusammen mit der Münze das gewünschte Alleinstellungsmerkmal. Wer da nun verbrannt wurde, kann ich nicht sagen. Aber ich bin mir sicher, dass Sie beide vor keinem weiteren Mord zurückschreckten, um sich eine passende Leiche zu besorgen, die man dann zusammen mit dem Ring und der Münze verbrannt hat. Man wird die Vermisstenfälle dieser Tage untersuchen müssen. Falls derjenige überhaupt als vermisst gemeldet wurde. Nach einem verschwundenen Obdachlosen fragt beispielsweise niemand. Da Sie das alles ja schon länger geplant hatten, kann ich mir vorstellen, dass Sie bereits einen geeigneten Kandidaten ausgesucht hatten. Es musste nur so aussehen, als sei er eines natürlichen Todes gestorben. Aber da gibt es ja viele Möglichkeiten. Hutsch war an einem Herzinfarkt verstorben und man hatte ihm im Krankenhaus eine Kanüle angelegt. Ein Stich in der Vene wäre daher nicht weiter auffällig gewesen. Vielleicht wird uns Ihr Komplize dazu ja auch etwas sagen."

Leyendecker sah zwar, dass sie die ganze Zeit mit einem uralten Handy herumhantierte, das so gar nicht zu Birgit Herbst passen wollte, aber er maß dem nicht wirklich Bedeutung bei.

„Das haben Sie sich ja gut ausgedacht", lachte sie spöttisch. „Und das können Sie alles beweisen?"

„Ich denke schon. Ich will Ihnen zunächst erzählen, wie das aus Ihrer Sicht weiter gegangen wäre. Ich glaube, sie hätten hier alles in Ruhe abgewickelt. Vielleicht haben Sie ja schon an die Chinesen verkauft. Dann wären Sie mit Ihrem Geliebten irgendwo hingegangen, wo die Tage warm und die Getränke kalt sind. Das nötige Kapital hätten Sie ja gehabt.

Halfer hätte dafür sogar seinen eigenen Ausweis verwenden können. Das wäre vermutlich nicht aufgefallen, da die Fahndung nach ihm ja aufgehoben ist und er noch nicht für tot erklärt wurde. Vielleicht hätten Sie sich auch bald seiner entledigt. Zutrauen würde ich Ihnen das."

Scheinbar wahllos drückte sie einige Tasten des alten Telefons. Sie schaute ihn an. Für einen Moment schien ihr alter selbstbewusster, leicht arroganter Gesichtsausdruck zurückzukehren. „Verdient man eigentlich gut bei der Polizei?", fragte sie. „Es ist doch sicher nicht einfach, ständig im Dreck zu wühlen."

Leyendecker lächelte ein wenig. „Ich für meinen Teil verdiene nicht schlecht. Aber Sie haben schon recht, häufig verdienen die Leute, die diesen Dreck verursachen, erheblich mehr. Ich versuche, das zu ändern."

Sie sah ihn herausfordernd an. „Aber lassen wir das. Kommen wir zu Leyendeckers Märchenstunde zurück. Bisher haben Sie nicht einen Beweis für all die hanebüchenen Behauptungen erbracht."

„Warten Sie nur ab. Es ist schon erstaunlich, welche Streiche einem das menschliche Gehirn so spielt. Bei uns war abgespeichert, das Halfer tot ist. Als nun meine Kollegin die Aufnahmen aus dem Parkhaus sah, glaubte sie, jemand zu erkennen. Wäre Halfer verdächtig gewesen, hätte sie ihn sofort erkannt. Aber so schloss ihr Unterbewusstsein ihn automatisch als Täter aus. Wir mussten erst seinen Tod anzweifeln, bis sie ihn überhaupt in Erwägung zog. Dann haben wir gemacht, was jeder vernünftige Polizist getan hätte. Wir haben angenommen, dass er noch mit Ihnen in Verbindung steht. Also haben wir Sie beobachtet.

Es wird Sie nicht weiter überraschen, wir sind fündig geworden. Außer den Leuten im Umfeld der Herbstwind gab es nur eine Person, die Sie regelmäßig trafen, und das war der Gärtner. Ich verkneife mir jetzt eine Anspielung auf Reinhard Mey. Da war so ein alter, weißer Kastenwagen mit der Aufschrift Gärtnermeister Künkler, den man regelmäßig bei Ihnen sah. An und für sich nichts Außergewöhnliches, denn Sie haben ein großes Grundstück, welches regelmäßiger Pflege bedarf. Neben dem Namen waren auf dem Fahrzeug auch eine Handynummer und eine Homepage angegeben, wie das heute ja üblich ist. Allerdings erreichte man lediglich den Anrufbeantworter. Hinterlassene Nachrichten wurden nie beantwortet. Genauso ging es mit den Mails, die man an die in der Homepage genannte Adresse schickte. Natürlich haben wir uns nicht als Polizei zu erkennen gegeben. Auch war in der Gewerbekartei kein Gärtnermeister Künkler registriert. Heute Morgen haben wir diesen Gärtnermeister festgenommen. Ich muss ehrlich sagen, ich hätte ihn mit dem Bart, der anderen Frisur und der Brille auch nicht erkannt, wenn er in der Stadt an mir vorbeigegangen wäre. Sie haben ihn doch auch schon vermisst. Als ich die Dienststelle verließ, haben Sie bereits dreimal versucht, ihn auf seinem Handy zu erreichen. Damit war Ihr ganzes schönes Kartenhaus zusammengestürzt. Ihr Komplize hat bereits begonnen, uns alles zu erzählen."

„Thomas hatte es verdient", erklärte sie. „Mehr habe ich dazu nicht zu sagen."

„Und was ist mit Basting? Hatte der es auch verdient?"

„Das war nur, um die Serie glaubhaft erscheinen zu lassen. Das war nur notwendig. Ihm ist ja nichts passiert."

„Was sicher nicht Ihr oder Halfers Verdienst ist. Ich darf Sie jetzt bitten, mit mir zu kommen. Ich verhafte Sie wegen gemeinschaftlichen Mordes an Thomas Herbst in Tateinheit mit vorsätzlicher Brandstiftung und versuchten Mordes an Dirk Basting."

Sie blieb reglos sitzen. Allerdings war da so ein bedrohliches Schimmern in Ihren Augen. Sie blickte auf das alte Handy. „Wissen Sie, was das ist?"

Leyendecker zuckte die Achseln. „Ein altes Handy. Soll das für den Fall relevant sein?"

Ihr Lächeln war kalt und gefühllos. „Sie haben recht. Es ist ein Handy. Ein Handy, dessen Nummer man nicht zurückverfolgen kann. Aber man kann so ein Handy auch anderweitig benutzen, beispielsweise kann man damit auch eine Fernzündung auslösen."

Leyendecker schwante Schlimmes. Das hier war noch nicht zu Ende. „Reden Sie weiter", forderte er sie auf.

„Sie haben recht. Wir waren dabei, unsere Zelte hier abzubrechen. Es ist alles vorbereitet. Heute Abend hätte ich bei Ihnen angerufen und Ihnen mitgeteilt, dass jemand ins Haus eingedrungen wäre und ich das Haus jetzt ganz schnell verlassen würde. Wenn Ihre Kollegen dann eingetroffen wären, hätten Sie mich zwar verängstigt und entsetzt, aber ansonsten wohlbehalten angetroffen. Das schöne Haus, in dem ich mich nie so richtig eingelebt habe, hätte in Flammen gestanden. Damit wäre alles zu einem folgerichtigen Abschluss gekommen."

„Wer sagt mir, dass Sie nicht bluffen?", fragte er, aber er sah an ihren Augen, dass das nicht der Fall war.

„Was glauben Sie, passt so etwas hier herein?" Sie deutete auf einen Metallbehälter, eine Art Fass oder übergroßen Kanister, der unter einem Beistelltisch stand. „Wenn ich noch eine Taste drücke, geht hier alles in die Luft."

Leyendecker hätte ihr ja sagen können, dass er verkabelt war. Aber hätte gerade das nicht zu einer Kurzschlussreaktion geführt. „Was wollen Sie?", erkundigte er sich stattdessen.

Da war wieder der leicht arrogante Gesichtsausdruck. „Zuerst geben Sie mir mal Ihre Waffe. Die nützt Ihnen ohnehin nichts, wenn hier alles in die Luft fliegt."

Das hatte eine gewisse Logik, der sich Leyendecker nicht verschließen konnte. Er tat wie geheißen.

„Gut so", erklärte sie und nahm die Pistole entgegen. Anscheinend hatte sie aber nicht viel Ahnung von Waffen, denn sie hielt sie einfach nur so in der Hand. Sie war immer noch gesichert. „Sie bleiben hier sitzen!", befahl sie. „Ich gehe jetzt raus, und wir werden uns nie wiedersehen."

Hätte sie nur die Pistole gehabt, hätte es Leyendecker auf einen Zweikampf ankommen lassen. Vermutlich wäre er nur verletzt worden. Natürlich wusste er, dass sie nicht zulassen würde, dass er lebend hier herauskam.

Sie erhob sich und ging rückwärts drei Schritte auf die Haustür zu. Auf einmal erklang der Rufton eines Handys. Unwillig schüttelte sie den Kopf, versuchte aber intuitiv Pistole und Uralttelefon in eine Hand zu nehmen, um ihr I-Phone aus der Tasche zu holen.

Leyendecker erkannte, dass sich eine weitere Chance wohl kaum mehr bieten würde. Er nutzte den kurzen Moment der Unaufmerksamkeit, stürzte auf Birgit Herbst zu und rammte sie mit seiner Schulter. Er sah noch aus den Augenwinkeln, dass sie auf den Boden stürzte und davonschlidderte, da war er auch schon bei der Haustür und riss sie auf.

Leyendecker spürte noch die Druckwelle, die ihn mehrere Meter weit schleuderte. Er verlor kurz die Besinnung, als er auf dem harten Boden aufschlug.

Als er wieder zu sich kam, nahm er beißenden Brandgeruch wahr und merkte, dass man ihm mit einer Polizeijacke den Rücken abklopfte. Dann zog man ihn in Richtung des Tores.

„Bleib ruhig liegen", sagte Ulla, „der Notarzt ist unterwegs.

„Alles in Ordnung", erwiderte er. „Gib mir die Hand und hilf mir auf. Das ist gerade noch einmal gut gegangen. Es war eine gute Idee von dir, sie anzurufen."

„Wovon redest du?", fragte Ulla.

Leyendecker wurde bei dieser Antwort erneut schwindelig. Benommen schaute er zurück. Die Villa brannte lichterloh. Er war froh, dass er wohl nie mehr nach hier zurückkommen musste.

Epilog

"Ich sein om Wech ent Jammertal", sangen die HaKiJus.

Höbel kannte die Melodie, der Rockklassiker von AC DC, Highway to hell. Was es aber mit dem Jammertal auf sich hatte, erschloss sich ihm nicht. Irgendwie erinnerte er sich dunkel, dass seine Großmutter im Zusammenhang mit der Bibel von einem solchen Tal gesprochen hatte.

Leyendecker erklärte ihm, dass dieser Text aus einer gewissen Rivalität der Hachenburger mit den Bewohnern der ehemals selbstständigen Gemeinde Altstadt herrühre, die nun einmal im Tal wohnten. Obwohl Altstadt und Hachenburg nun mehr als vierzig Jahre vereint seien, würde diese Rivalität jedes Jahr an Kirmes neu belebt. Das diene in erster Linie der Unterhaltung der Besucher."

Eigentlich hätte Höbel heute wieder seinen Dienst in Koblenz antreten sollen, aber Leyendecker hatte dort angerufen und erklärt, in Hachenburg seien noch einige abschließende Arbeiten zu erledigen.

Er hatte zwar mitbekommen, dass in Hachenburg Kirmes war, das war ja nun wirklich nicht zu überhören. Trotzdem war er überrascht, dass Ulla und Leyendecker ihn, als er heute Morgen zum Dienst erschienen war, mit zum Vogtshof nahmen, wo verschiedene Honoratioren der Stadt, wie an jedem Kirmesmontag, zum traditionellen Ischlessen, einem Hackfleischkloß mit Zwiebeln, eingeladen waren.

Nach einem kurzen Aufenthalt auf dem Alten Markt, wo man auf die Mitglieder der Kirmesgesellschaft traf, ging es unter Begleitung zünftiger Blasmusik weiter ins Festzelt.

Berger, bekleidet mit dem traditionellen blauen Kittel, stellte frisches Bier vor sie hin. Nach den Worten: „Lasst es euch schmecken, es ist noch mehr da", verschwand er wieder im Gewühl.

„Gibt es Neuigkeiten über diesen Luca Antic?", erkundigte sich Ulla.

„Die Kollegen haben wohl auf seiner Festplatte ein Programm gefunden, das die Anzeige der Wettquoten auf dem Laufband kurze Zeit verhindert. Er wusste also vorher, wie sich die Quoten entwickelten, und hat so eigene Wetten platziert. Ähnlich einem Daytrader an der Börse, der die Entwicklung der Märkte im Voraus kennt. Er konnte auf Dauer nicht verlieren. Genaueres können Ihnen die Kollegen von der Wirtschaftskriminalität erklären."

Leyendecker hob sein Glas und prostete Höbel zu. „Auf Ihr Wohl, Herr Kollege. Das war gute Arbeit, wenn auch etwas leichtsinnig. Dies ist nun Ihr letzter Tag bei uns. Ich hoffe doch, es hat Ihnen bei uns gefallen."

„Ich glaube, ich habe viel gelernt. Das wird mir in Zukunft sicher weiterhelfen. Aber ich weiß immer noch nicht, wie Sie auf die Lösung gekommen sind."

Leyendecker lächelte. „Sie erinnern sich doch noch an den Anfang unserer Zusammenarbeit. Sie erwähnten damals die Veröffentlichung des bekannten Analytikers Josef Brenner: *Kann sein – Kann nicht sein.* Brenner hat aber noch ein zweites Buch veröffentlicht, dessen Titel lautet: *Kann nicht sein? – Kann doch sein!* Dies ist aus meiner Sicht das wichtigere Werk, auch wenn es weniger bekannt ist.

Die wesentliche Aussage dieses Buches ist: Wenn du von etwas überzeugt bist, aber die ermittelten Fakten sagen, dass das unmöglich ist, hinterfrage diese Fakten.

Nichts anderes habe ich getan. Ich hatte schon immer das Gefühl, das Birgit Herbst und Michael Halfer hinter all dem steckten. Als nun Ulla sagte, dass der Mann, der Basting überfallen hat, sie an irgendjemand erinnere, habe ich ihr zunächst Zeit zum Überlegen gegeben.

Gleichzeitig hat mich der Gedanke nicht ruhen lassen, dass die Lösung bei Herbst und Halfer zu suchen ist. Aber die waren ja außen vor. Birgit Herbst war beim Tod ihres Mannes in China und Halfer war ja selbst ein Opfer.

Dann ist mir der alte Brenner wieder eingefallen, und ich habe Halfers Tod hinterfragt. Welche objektiven Fakten hatten wir denn schon, da waren lediglich die Münze und der Hufnagel. Die Beweise hätte man auch fälschen können.

Als ich Ulla dann darauf ansprach, ob der Mann sie nicht an Halfer erinnern würde, hat sie dies zunächst ausgeschlossen, aber es nach kurzer Überlegung doch bestätigt. Der Rest war dann eigentlich normale Polizeiarbeit, die Sie ja mitbekommen haben."

„Noch etwas verstehe ich nicht. Warum sind Sie denn allein zu Birgit Herbst gegangen?"

„Ich war praktisch nicht allein. Ich war ja verkabelt."

„Lassen Sie sich nichts erzählen", unterbrach Ulla. „Er wird jetzt sagen, dass er die Herbst zu einem Geständnis verleiten wollte. Davon wird er auch nicht abweichen.

Die Wahrheit ist eine ganz andere. Er wollte seinen Triumph genießen. Er hatte die ach so clevere Birgit Herbst besiegt. Und das tat seinem männlichen Ego richtig gut. Irgendwie seid ihr doch alle Machos."

„Ich glaube, das Bier bekommt dir nicht, Ulla." Leyendecker schüttelte tadelnd den Kopf.